끌

끝

이병순 소설집

산지니

차례

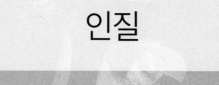

인질

대여섯 번의 시도 끝에 스마트폰의 잠금은 해제됐다. 아홉 개의 점이 정사각형으로 균형을 맞춰 찍힌 점선을 이용해 손가락으로 선을 그어야만 잠금이 해제되는 것은 동수의 스마트폰과 다를 바 없었다. 세로 세 줄, 가로 세 줄의 점을 지나 니은 자를 그었더니 홈 화면이 환하게 떴다. 홈 화면은 비행기가 하늘 높이 떠 있는 사진이다. 그것은 파란 하늘을 배경으로 알록달록한 열기구가 떠 있는 바탕화면의 사진처럼 스마트폰을 사면 내장되어 있는 몇 장의 사진들 중 하나다. 습득한 폰을 주인에게 돌려주기 위해 잠금 패턴을 해제하기는 처음이다. 습득한 폰을 맨입으로 줄 수는 없다. 사례비를 꼭 받아야 한다고 생각했다. 동수는 사례비와 폰을 맞바꾸기에 습득한 폰을 인질이라 여겼다.

인질은 낮에 대학가에서 내린 청년에게 건네받았다. 아저씨, 누가 여기 폰을 두고 내렸네요. 동수는 인질을 받고 몹시 귀찮은 거 하나 떠맡았다는 듯한 표정을 지었다가 청년이 택시 문을 닫자마자 그것을 앞뒤 빠르게 훑었다. 케이스가 없지만 액정 유리가 긁혔거나 테두리가 찍힌 흔적도 없이 매끈했다. 중고 매매상에 팔아넘긴다면 최소 오륙십만 원을 받을 만한 수준의 최신형이었다. 곧 누군가가 초조하게 동수를 찾으려니 했다. 어디쯤 서 있을 테니 폰을 좀 갖다 달라든가 그쪽에서 동수 쪽으로 오겠다고 할 줄 알았다. 폰을 주인에게 돌려주면서 동수는 선심 쓰듯 '십만 원만 주쇼.'라고 말할 참이었다. 폰을 팔아넘기지 않은 것만 해도 어딘데, 하는 뉘앙스를 풍기면서.

갤러리를 펼쳤지만 저장된 사진은 몇 장뿐이다. 빌딩 숲 사이로 걸어가는 사람들의 뒷모습을 찍은 것과 몇 가닥의 전깃줄이 허공에 늘어진 장면의 사진을 뺀 나머지는 신문 귀퉁이에 난 대출 광고들이다. '아주 싼 이자 대출', '명품 대출' 등의 글씨 아래 전화번호가 크게 적힌 사진들이었다. 문자메시지함에는 주로 카드 결제 대금 독촉장이나 백화점 스팸 광고들이다. 갤러리와 문자메시지함으로 폰 주인이 어떤 사람인지 가늠할 수 없다. 아주 싼 이자로 대출을 받기 위해 신문쪼가리나 생활정보지를 뒤지는 사람은 이 폰의 주인뿐만 아니라 동수도 마찬가지였고 주변에도 몇 있다.

동수 스마트폰의 단축 번호 1번에 아내의 번호가 저장되었듯 인질의 1번 단축 번호에도 그와 가장 가까운 사람 번호가 저장되어 있을 터인데 인질의 단축 번호에 저장된 번호는 하나도 없다. 통화버튼을 눌러 최근기록을 살폈다. 통화를 자주 했던 사람 순서대로 전화를 한다면 인질을 주인에게 돌려줄 방법이 생길 것이다.

인질 주인이 최근에 통화를 가장 많이 한 사람은 '에볼라'다. 최근 3일 동안 그는 하루에 예닐곱 번씩 전화를 했으며 통화시간은 길게는 삼십여 분, 짧게는 2분가량이었다. 어제 저녁부터 오늘 오전 11시까지 에볼라가 한 전화는 모두 스물일곱 통이었다. 그 모두 부재중의 전화였다. 인질을 습득한 두어 시간 동안에도 에볼라에게 다섯 통 걸려 왔지만 모두 말없이 끊었다. 여섯 번째 전화가 왔을 때 '이 폰을 보관하고 있는 택시 기산데 말 좀 해보쇼.'라고 했지만 역시 말없이 끊었다. 에볼라. 본명은 아닐 것이다. 동수 아내의 폰에 저장된 동수 전화번호도 'WS'라는 두 개의 알파벳이듯 누군가의 이름을 별명이나 약자, 혹은 알파벳 이니셜로 저장하는 것이 새삼스럽지 않았다. WS? 고개를 갸웃거리며 아들이 추측해 낸 낱말은 '원수', '우상'이었으나 아내에게 비친 동수가 우상일 리는 없었다.

에볼라 다음으로 많이 떠 있는 이름은 '개죽', '언감생심'이다. 언감생심은 초록색 화살표가 왼쪽으로 나 있어 모두 그가 전화를 걸었고, 개죽은 빨간 화살표가 오른쪽으로 그어져 있어 전부 인질 주인 쪽에서 전화를 걸었다. 인질 주인이 개죽에게 하루에 한두 번씩은 전화한 흔적이 있지만 통화시간 기록은 없었다. 신호음이 끊길 때까지 전화기를 들고 있었지만 개죽은 전화를 받지 않은 듯했다.

뚜루루루루. 굴러 가는 발신음을 듣고 있으니 그야말로 인질을 잡아 놓고 협상하려고 전화를 하는 것 같다. 언감생심은 전화를 받지 않는다. 개죽도 전화를 받지 않는다. 즐겨찾기에 나온 사람들 대부분 전화를 받지 않는다. 받더라도 인질 주인이 폰을 잃어버린 것에 별 반응들이 없다. 답답한 사람이 찾으러 오겠지. 전화를 껐다 켰다 받았다 안 받았다 요리조리 내 전화를 피하더니 이제 별짓을 다하고 지랄이야! 그리고 운짱 아저씨, 폰을 주웠으면 우체통에 빠뜨리든지 하지 성가시게! 중년으로 느껴지는 격격한 목소리의 여자는 자다 받는 것 같았다.

카카오톡에 들어가 그들의 얼굴을 살피려 했으나 프로필 사진을 넣어야 하는 칸에는 돈 다발의 사진이 들어가 있거나 외국으로 보이는 높은 빌딩 사진이 들어 있거나 비어 있다. 에볼라와 언감생심, 개죽, 인질 주인의 카카오톡 프로필 사진은 비어 있다. 연한 하늘색 바탕에 사람의 두상 그림만 연회색으로 희멀겋게 파여 있다. 파인 부분은 마치 두상을 도려낸 흔적 같다. 인질 주인의 카카오톡은 누구와도 대화를 주고받지 않았다.

"자 빨리빨리 움직입시다."

누군가 차창를 두드리자 조수석으로 다리를 뻗치고 있던 동수는 자세를 고쳐 앉고 인질을 조수석으로 훌쩍 던진다. 창을 두드리는 사내는 저만치 화단가에 앉아 담배를 피우던 기사들

중 한 명이다. 리어카에 붙어 샌드위치를 먹거나 자판기 커피를
마시거나 담배를 피우며 삼삼오오 모여 있던 기사들도 서서히
제 차 쪽을 향해 움직인다. 아직 해가 떨어질 시간은 아닌데 주
위가 어둑하다. 길가의 벚꽃 가지들은 바람에 이리저리 흔들린
다. 오늘 같은 금요일에는 터미널에서 죽치지 않고 시내 언저리
만 돌아도 자정 이내로 사납금을 맞출 수 있을 터인데 이곳에
서 인질을 만지작대며 뭉그적거린 것이다. 인질 주인에게 전화
가 오면 그곳을 목적지로 향해 부지런히 움직이려 했다.

순서대로 택시가 차례차례 빠지기 시작하자 동수도 천천히
앞차 뒤를 따른다. 짠짜라리라리라. 외곽으로 빠지는 손님만 아
니면 좋겠다는 생각을 하는 순간 인질이 소리를 질렀다. 액정
에 전화번호만 뜨고 이름은 없다. 벨소리는 흔히 듣던 선율이
다. 현악기와 신디사이저가 섞인 소리다. 아들이 아이돌 그룹
의 댄스음악으로 바꿔 놓기 전에 동수의 벨소리도 이와 같았다.
받고 싶지 않은 전화들이 늘어나고부터 동수는 수신 벨을 주로
무음이나 진동으로만 해 놓았다.

"허명 씨? 등기 우편 있습니다. 몇 분 뒤면 도착할 수 있는데
지금 집에 계십니까?"

"지금 바깥에 있어서 그러는데 경비실에 좀 맡겨 줘요."

등기는 받아 놓고 볼 일이다. 모든 말(馬)은 과천으로, 모든
택배와 등기는 경비실이다. 택시를 탄 손님 중에 택배가 도착했
다는 전화를 받을 때마다 그들이 하는 멘트를 동수도 따라해

보았다. 허명. 남자인지 여자인지 모호한 이름이지만 동수가 궁금해할 까닭은 없다. 동수에게 필요한 것은 사례금이다. 폰을 돌려받은 사람들 중에 사례금뿐만 아니라 빵과 음료수까지 쥐어주는 이들도 있었다. 그들 중엔 폰에 모든 게 다 들어 있다며 폰을 감싸며 가슴에 품는 이도 있었다.

얼마 전에도 택시에서 주운 폰을 돌려주고 사례금으로 삼십만 원을 받았다. 폰 주인은 동수 또래의 신사였다. 전화번호는 말할 것도 없고 1년 치의 모든 약속 날짜와 시간 등 여러 행사 일정을 폰 속에 기록해 두었는데 그 소중한 것을 되찾을 수 있게 해 줘 고맙다며 연신 머리를 조아리던 사내였다. 차림이 말쑥하고 당당해 보이는 인상이었으며 양지의 햇볕 냄새가 났던 사내였다.

"신도시 대성 3차로 가 주세요."

중년 여자가 뒷문을 열고 얼굴을 내밀었다. 또 장거리 손님이다. 오늘은 마수걸이부터 장거리 손님이었다. 부르릉. 시동 거는 소리는 언제나 박진감이 넘친다.

"겨울이 다시 오려나 무슨 봄 날씨가 이래."

여자의 목소리는 코맹맹이다. 동수는 룸미러로 여자의 얼굴을 흘낏 보면서 히터를 튼다. 여자는 옆자리에 포개 놓은 숄더백과 여행 가방에 몸을 기대며 스마트폰을 꺼내 문자를 찍고 있다. 동수는 좌측 깜빡이를 넣고 2차선에서 1차선으로 빠르게 끼어든다. 유턴을 해서 새로 난 도로로 빠지는 게 덜 막힐지 모른다. 유턴할 때 돌돌 감았던 핸들이 스르르 풀린다. 짠짜리라 리라. 인질에서 또 벨이 울린다. 에볼라다.

"아직 폰을 찾는 전화는 없었소?"

성급함과 짜증이 잔뜩 묻은 목소리다.

"이 폰 주인과 가까운 사람인 것 같은데 그냥 대신 좀 찾아 가면 안 되겠소?"

"가깝기는 하지. 나는 그 폰을 만나고 싶은 게 아니라 그 씨발 년을 만나야 해. 기사 양반, 혹시 그 씨발 년한테서 전화 오면 이쪽으로 전화 좀 해 줘, 내 사례비는 기사 양반 며칠 사납금은 될 만큼 톡톡히 챙겨 드릴게, 적을 수 있겠소?"

"불러 보쇼."

동수는 차를 얼른 갓길로 빼 순댓국밥집 이름이 적힌 볼펜으로 운행 기록판 귀퉁이에 번호를 적는다. 폰을 돌려주기 위해 전화번호까지 따로 적어 두기도 처음이다.

"잘 좀 부탁합시다. 그 씨발 년을 꼭 좀 만나게 도와줍쇼. 그런데 기사 양반, 아직도 터미널 부근에서 맴도는 것을 보니 오늘 농땡이 많이 치셨구먼, 흐흐흐."

전화가 끊겼다. 요즘 위치추적기를 장치하는 스마트폰이 많다는 걸 동수는 그새 잊고 있었다. 빵빵. 동수는 인질을 조수석에 홀쩍 던지고 좌회전을 한다. 허명을 만나면 손님 태우고 운전하던 중 인질에게 걸려 온 전화를 받느라 사고 날 뻔했다고 말할 것이다. 사례비로 십만 원을 줘도 전혀 아까울 것 없다는 느낌을 가지게 하려면 적당한 과장은 필요하다. 허명이 미안해하면서 십만 원을 건네준다면 살다 보면 다른 사람 일로 핏대세울 때가 있는 법이라며 눙쳐 줄 것이었다. 새로 난 도로로 서서히 진입하자 주위가 황량하다. 바람이 불자 치렁치렁 매달려있는 벚꽃들이 후루룩 떨어진다. 남자일 거라는 예상을 깨고 허명은 '씨발 년'이다.

"말보로로 주쇼."

동수는 편의점 카운터 앞으로 다가가 점퍼 주머니에 손을 쑤셔 넣었다. 꾸깃꾸깃한 지폐가 손에 잡힌다. 아직 사납금 반도못 채웠다. 얼마 전처럼 하루 종일 누군가의 기사 노릇을 해 주고 백만 원이 생기는 기회가 한 달에 두어 번만 생겨도 택시는할 만하다. 택시를 탄 마흔 중반의 여자는 가방에 손을 푹 넣고지폐 뭉치를 덥석 집더니 백만 원을 세어 내밀었다. 그리고 풍광 좋은 곳 아무 데나 드라이버를 시켜 달라고 했다. 돈 값어치를 하려면 시외로 빠져야 했다. 평일 한낮의 서해대교는 앞이뻥뻥 뚫려 있었다. 서해대교를 지나 왜목 마을을 거쳐 대호방조제에서 차를 돌리려 했으나 안면도까지 달렸다. 백만 원어치의풍광이 되려면 대호방조제로는 부족하다는 생각이었다. 안면도에 다다랐을 때는 낙조 무렵이었다. 거기서 하루 묵겠다는 여자를 두고 차를 되돌렸다. 돌아오던 길에 차를 세워 지폐를 셌다. 두둑한 지폐 뭉치만이 현실감을 주었을 뿐 예닐곱 시간 만에 며칠의 사납금을 한꺼번에 벌었다는 것이 실감나지 않았다.

잠수익이야. 동수는 지폐 뭉치를 아내의 발치에 던졌다. 아내가 펼쳐 놓은 신용카드 결제대금 명세서는 지폐 뭉치에 튕겨 나갔다. 아내는 지폐 뭉치를 쥐고 동수를 바라보았다. 아직도? 그녀가 뭉텅이 돈의 출처를 헤아리려는 표정을 지을 때 동수는 골방의 전기장판 전원버튼을 누르고 있었다. 그리고 잠수익의 출처를 재빠르게 설명해 주었다. 믿지 못하겠다는 듯 아내는 문턱에 버텨 섰다. 세상에는 별 희한한 사람 많다고. 점심값을 아껴 가며 마련한 트럭을 하루아침에 꼴아박는 나 같은 놈도 있고, 세 식구 모두 독감에 걸려 콜록대는데 이 냉동 창고 같은 집에 보일러 한 번 틀지 않는 당신 같은 사람도 있고, 뭔가에 풀려나고 싶을 때 돈뭉치부터 헐어 놓고 보는 그런 여자도 있다고, 알아? 동수는 그 여자의 돈뭉치는 돈이 아니라 삐라 같더라는 말까지 하려다 입을 다물었다. 점퍼를 입고 누웠더니 몸이 배겼다. 이리저리 몸을 뒤척이다 이불을 머리끝까지 끌어올렸다.

방금 마신 박카스 향기가 입안에 고여 있다. 편의점 창가에는 중학생으로 보이는 사내 아이 몇 명이 나란히 앉아 컵라면을 먹고 있다. 동수는 담배를 뜯어 한 개비 입에 물고 밖으로 나간다. 신도시 주변은 모두 아파트다. 저 많은 사람들은 모두 무엇을 해서 저 칸칸을 차지하고 있는지 아파트를 볼 때면 문득문득 솟구치는 의문이다. 아파트 곳곳에 걸린 '납골당 유치 결사

반대'라고 쓰인 현수막이 바람에 펄럭인다.

택시 안에 들어오자마자 동수는 폰을 꺼내 든다. 폰은 거미줄 모양으로 금이 쫙쫙 나 있고 테두리는 찍혀 우둘투둘하다. 바탕화면에는 동수와 아내와 아들과 함께 찍은 사진이 저장되어 있다. 아내 무릎에 아들이 걸터앉고 아내 옆에 동수가 서 있는 사진이다. 폴더폰에서 스마트폰으로 바꾸고 얼마 안 있어 찍은 터라 아들은 앳되어 보인다. 이때 초등학교 3학년이던 아들은 지금 중학교 2학년이 되었고, 처형 식당에서 일을 돕던 아내는 지금 자동차보험 영업 사원이 되었으며, 처형 식당에서 주차를 봐 주던 동수가 택시기사로 바뀌었을 뿐 그때나 지금이나 동수의 생활은 크게 달라진 것은 없다.

폰은 슬쩍 떨어뜨리기만 해도 박살이 날 것 같다. A/S 센터를 찾았으나 액정 유리만 갈아 끼우는 데도 12만 원이었다. 그 돈을 들여 유리를 갈아 끼우느니 지원금을 받아 새 폰을 장만하는 게 나을지도 모른다는 A/S 직원의 긴 설명만 듣고 그냥 나왔다. 3년 동안 매달 3만 원가량의 할부금을 내야 하는 부담감보다 아내와 말다툼할 때 동수가 또 폰을 던지지 않는다는 보장이 없기 때문에 새 폰에 솔깃하지 않았다. 아내와의 싸움은 주로 경마꾼들이 보낸 메시지와 그들이 동수를 찾는 전화가 걸려 왔을 때 벌어졌다. 메시지에는 스크린경마 스케줄이 줄줄이 떠 있었으며 대박 난다는 준마들 소개로 가득 찼다. 아내가 간섭하기 전부터 경마꾼들에게 오는 전화는 모두 수신거절 기능으로 돌려놓았지만 누군지도 모르는 사람한테서 끊임없이 비슷한 메시지가 오는 것은 막을 도리가 없었다.

학원을 끊은 아들이 지금 뭘 하고 있는지 궁금하지만 연락해볼 곳이 없다. 세 사람이 휴대폰을 갖게 되고부터 아내는 집 전화를 없애 버렸다. 아내는 아들이 공부하는 시간보다 스마트폰을 들여다보는 시간이 더 많다고 얼마 전에 스마트폰을 빼앗았다. 아들이 폰에 깔린 게임에 지나치게 몰두하는 것 같았지만 스마트폰이 없을 때도 아들 성적은 늘 바닥이었다. 아내는 인터넷 선도 잘랐다. 업그레이드되지 않은 컴퓨터를 아들이 외면한지 오래됐다. 아내의 머릿속엔 컴퓨터 앞에 앉아 경마 사이트를 헤집는 동수 모습만 박혀 있을 터였다.

아내의 카카오톡에 올려진 프로필 사진은 3여 년 전의 모습 그대로다. 배경이 된 장미넝쿨은 아내의 파란 원피스와 대비되어 더욱 화사하다. 처형 식당에서 벌였던 장모의 칠순 잔치 때 찍은 사진이다. 그때 처형은 손님이 점점 줄어들어 종업원을 줄여야겠는 말을 입에 달고 있었고 동수는 택시를 알아보던 때였다. 식당은 가든이라는 이름에 맞게 정원이 근사했다. 담배를 피우러 밖으로 나간 동수를 따라 아내도 정원으로 나왔다. 아내는 보험회사 이력서에 넣을 사진을 찍어야 한다며 동수 손에 폰을 쥐어 주었다. 동수는 장미넝쿨을 넣어 셔터를 몇 번 눌렀다. 같은 장소에서 여러 번 찍는 아내를 따라한 것이었다.

아내의 근황을 알려면 그녀의 카카오스토리에 들어가야 했

다. 동수가 새벽에 귀가하는 시간이면 아내는 곯아떨어져 있곤
했다. 동수는 주방 옆 골방에 누웠지만 아침까지 잠에 들지 못
했다. 출근 준비와 등교 준비에 분주한 아내와 아들의 후다닥
거리는 소리를 들으며 이불을 머리끝까지 덮고 있었다. 아내와
아들이 다 나간 뒤 간단히 요기를 하고 이불 속으로 들어갔다.
자다 깨다 반복하다 보면 어느새 출근시간이 다가와 있었다.

아내의 카카오스토리에는 그새 새로운 사진이 올라와 있다.
원탁테이블 위에 치즈와 과일, 연어가 담긴 접시가 놓인 사진이
올라와 있다. 누군가 그 아래에 댓글을 달았다. 우와, 근사하네,
요기는 어디? 어디긴. 알아맞혀 봐, ㅋㅋ. 사진은 어제 저녁에 올
린 것이다. 동수가 연수원의 뷔페식당이라는 것을 몰랐다면 사
진 속 장면은 호텔의 와인 바라고 착각할 만큼 근사하다.

아내는 어제 2박 3일 일정으로 회사에서 단체로 단합대회에
갔다. 스팽글 달린 블라우스를 입고 붉은 립스틱을 바른 아내
가 와인 잔을 들고 활짝 웃는 사진도 있다. 봄이지만 결코 봄
이 아니라고, 연수원이 있는 그쪽 지방은 이제 꽃샘추위가 시작
되는 터라 두꺼운 옷을 입어야 한다는 동수의 말에도 불구하고
아내는 얇은 블라우스에 정장 치마를 입고 그 위에 바바리를
걸치고 갔다. 아내가 입고 간 옷은 모두 얼마 전 처형한테 얻어
온 것들이다. 2박 3일의 단합대회를 떠나면서 9박 10일의 해외
여행을 떠나는 것처럼 아내의 캐리어는 컸다. 캐리어도 처형한
테서 얻어 온 것이다.

아내와 연애시절, 결혼하면 아이는 두세 명 낳고 2년에 한 번 꼴로 해외여행을 하자고 했으나 모두 물거품이 되어 버렸다. 해외여행은커녕 여태껏 국내여행도 제대로 하지 못했다. 고등학교를 졸업한 뒤 앞만 보고 달렸다. 서른 초반에 11톤 트럭을 마련했다. 그런 트럭 한 대만 있으면 어지간한 기업의 과장급 연봉쯤은 우습게 보였다. 트럭에 가득 실은 건축자재를 현장에 내리고 목에 두른 수건으로 땀을 닦고 있을 때 경리가 냉커피를 타서 내밀었다. 웃는 모습이 환했던 경리였다. 경리는 냉커피뿐만 아니라 음료수도 꺼내 주었으며 동수는 그 고마움을 갚겠다고 틈이 날 때마다 그녀를 따로 만나곤 했다. 그런 만남을 1년여 동안 가진 뒤에 경리는 아내가 되었다. 아들을 낳고 거래처는 점점 늘어났다. 세상이 만만해 보였다. 트럭기사들을 따라 재미삼아 시작했던 스크린경마가 뻘이 될 줄은 몰랐다.

"그러니까 우리 명이가 택시에 폰을 두고 내렸는데 지금까지 폰을 찾지 않는다 그 말이지?"

동수는 입에 든 팥빵을 꾸역꾸역 삼키면서 인질을 귀에 바싹 댄다. 언감생심은 이제야 부재중 전화를 확인한 것이다. 그의 목소리 나이는 육십 전후쯤으로 추측된다. 삐릭삐릭. 인질에 배터리를 충전하라는 신호음이 울린다.

"그런데 어쩌나 나는 지금 지방에 나와 있거든."

"차비와 사례비만 좀 챙겨 준다면 내가 지방까지 갖다 주겠소만."

어떻게 해서든 인질을 넘겨야겠다는 생각에 자신도 모르게 불쑥 나온 말이다.

"여기 택시로 오기엔 아주 멀어."

"허명이라는 사람의 집은 어딥니까?"

"집? 그 아이의 집을 알았다면 내가 이러고 있지도 않지."

"아이, 어서 안 들어오고 뭘 해?"

언감생심 목소리 사이로 여자의 교태 어린 목소리가 끼어들었다.

"지금 내가 아주 급한 볼일을 보는 중이거든, 그럼 이만."

동수는 남아 있는 팥빵을 마저 욱여넣고 우적우적 씹는다. 지방까지 갖다 줬다고 사례비와 차비에 웃돈까지 바랐던 것이야말로 언감생심이었다.

"아저씨, 예술회관요."

젊은 여자 두 명이 탄다.

"아저씨, 바빠서 그러는데 좀 빨리 가 주세요."

삐릭삐릭. 협상을 하려면 죽어 가는 인질을 살려 놓고 봐야 한다. 동수는 배터리 충전기 잭을 당겨 인질 혈관에 꽂는다. 인질은 수혈 중이다.

"아까 등기 우편배달 기삽니다. 반지하던데 경비실이 어디 있다고 그러십니까, 참나. 그래서 주인 아주머니한테라도 맡기려고 했는데 허명 씨가 요즘 집에 잘 오지 않는다면서요? 집 밑에 있는 우체국 아시죠? 우체국으로 바로 찾으러 가셔야 할 것 같습니다. 경찰서에서 온 등기라 아무한테나 맡겨서는 안 된다는 것도 잘 아시죠?"

"거기 집 주소가 어찌 됩디까?"

"뭐라고요? 지금 누가 누구한테 주소를 묻는 겁니까? 전화 받는 분, 허명 씨 아닙니까?"

동수는 전화를 얼른 끊었다. 만약의 경우를 생각해서 주소라도 알아 두는 게 낫겠다 싶어 물었으나 실수다. 동수가 제 집 주소를 외우지 못하듯 더러 자기 집 주소를 외우지 못하는 사람이 있다는 걸 택배 기사가 모른다는 사실이 아쉽기만 하다.

이제 와서 인질을 파출소에 맡기기는 아깝다. 종일 인질에 붙들려 있다시피 했다. 폰을 맡기러 파출소에 갔다가 인적사항을 작성하는 중 동수가 장물아비였다는 기록이 나온다면 절도범으로까지 몰릴 수도 있을 터였다. 언제부턴가 동수는 주운 핸드폰을 중고 매매상에 팔아넘기는 짓을 하지 않았다. 최하 오만 원에서 최고 삼십만 원가량 받는 재미가 쏠쏠했으나 경찰 단속에 걸린 상인들의 물귀신 작전에 말려들고부터는 그만두었다. 장물아비로 몰려 며칠 영업도 하지 못하고 경찰서에 불려 다니다 끝내 이백만 원의 벌금을 물어야 했다. 벌금을 마련하기 위해 아내는 여러 곳에 전화를 돌렸다. 주운 폰을 팔아서 챙긴 돈을 어디에 썼냐고 따지는 아내에게 술집이나 경마 예치권을 구입하는 데 써 버렸다고 말할 수는 없었다.

주운 폰을 되돌려 주러 갔다가 언제나 사례비를 받은 것은 아니었다. 사례비는커녕 폰 주인인 사내한테 드잡이만 잡혔던 적도 있었다. 폰을 돌려 달라고 할 때의 말투와 제 손에 폰이 건너갔을 때 말투가 달랐던 사내였다. 사례비를 주기 싫으면 목적지까지 갖다 준 차비라도 내놓으라고 하자 사내는 퍼렇게 대들었다. 그는 점유이탈물횡령죄라는 단어를 써 가며 동수를 절도범으로 경찰에 고발하겠다고 협박까지 했다. 자기한테 필요한 정보에 빠삭하고 제 것은 털끝 하나 손해 보지 않으려는 그런 치들이었다. 주운 스마트폰을 주인에게 되돌려 주고 받는 사례금이 폰 가격의 5퍼센트에서 20퍼센트까지라고 암암리에 정해져 있다는 말 따위가 그런 사내한테는 먹혀들 것 같지도 않아 깨끗하게 돌아섰다.

허리와 어깨가 뻐근하다. 운전석 등받이를 뒤로 젖혀 몸을 뉘어도 편하지 않다. 예술회관 주변은 고요하다. 바람이 잠포록해졌는지 출렁출렁 휘늘어지던 벚꽃 가지들은 잠잠하다. 거리의 행인들 대부분은 손바닥에 펼쳐진 스마트폰에 고개를 빠뜨리고 걷는다. 액정이 뿜어내는 빛에 반사된 저들의 얼굴빛은 파리하다. 어떤 이들은 쓿은 쌀에 뉘 고르듯 손가락으로 폰 액정 속을 헤집으며 걷는다.

동수는 운전석 등받이를 젖히고 스마트폰을 열어 본다. 밴드에는 벌써 오늘 저녁 정기모임의 1차 사진이 올라와 있다. 여러 개의 고기 불판을 가운데 두고 동창들이 둘러앉아 술잔을 높이 든 모습과 이야기를 하거나 술을 마시는 사진들이다. 동수는 운전하기 싫거나 손님이 없는 시간대에 한갓진 곳에 택시를 세우고 무료한 시간을 동창밴드를 들여다보며 보냈다. 밴드를 들여다보는 것은 참호 속에서 야전 상황을 전해 받는 것 같았다. 동창들이 주고받는 대화 글을 보면 특별할 것도 없는 그들의 일상이 특별하게만 보였다. 부르르르르. 울긋불긋한 술판의 사진을 덮고 수화기 모양의 그림이 액정 가운데서 나비처럼 하늘거린다. 받을 때까지 나비는 푸르륵댈 것이다. 자칭 '마적'이라 일컫는 경마꾼들 중 한 명이다. 깨진 액정화면에 지진이 이는 것 같다. 오늘 벌써 네 번째 그에게 전화가 걸려 왔지만 받을까 말까 망설이며 수신을 놓쳤다. 짠짜리라리라. 조수석에 있는 인질 벨도 울린다. 동수는 만지작대던 제 폰을 던져두고 인질을 움켜쥔다. '에볼라'다.

"아직 그년한테는 전화가 없었고?"

"있었으면 이러고 있겠어?"

"혹시 그년한테 전화 오면 나한테 전화 왔다는 소리 하면 안 되는 거."

"난 그딴 거 몰라. 어서 아무나 이 폰 가져가란 말이야!"

"그년한테 전화 오면 내가 아까 알려 준 번호로 잽싸게 연락 좀 해 주쇼. 사례비 톡톡히 챙겨 준다고 한 거 빈말 아냐. 그나저나 터미널은 벗어난 거 보니까 한 탕 뛰기는 하셨구먼, <u>흐흐흐</u>."

전화는 끊겼다. 인질에 에볼라의 웃음이 거머리처럼 들러붙어 있는 것 같다.

"아저씨, 프린스 호텔 쪽으로요."

택시 뒷문을 열고 한 사내가 얼굴을 내민다. 조수석 귀퉁이에 밀려나 있는 동수 폰은 아직도 부르르 떨고 있다. 마적은 동수가 전화를 받지 않으면 계속 전화를 해댈 것이다. 가까운 사람 전화번호를 뺀 모든 전화번호를 수신거절 기능으로 돌려놓은 때도 있었다. 정작 수신을 거절하고 싶었던 사람들에게는 어떻게 해서든 전화가 걸려 왔다. 받아도 그만 안 받아도 그만인 사람들이 동수에게 전화를 걸었을까 하는 궁금함 때문에 결국 모든 수신거절 기능의 전화를 해제시키고야 말았다.

"뭐하시나?"

"운돌이가 뭘 하겠어?"

"요새 재미 좋은가 봐? 얼굴 보기도 힘들고 말이야. 간만에 어제의 용사들 한번 뭉친다던데, 소식 들었지?"

"내일 새벽에 택시가 저수지에 빠졌다는 뉴스 나면 그 택시가 나일지도 몰라. 요새 나 사는 게 고약 씁는 것 같거든."

"아저씨, 호텔 부근의 곱창 골목으로 갑니다."

사내는 동수 쪽으로 얼굴을 바짝 들이밀며 다짐을 받듯 다시 이른다.

"그렇다면 물에 빠져 뒈지기 전에 꼭 한 번 봐야지?"

"손님 탔어."

동수는 폰을 조수석으로 팽개친다. 그래 씨팔 평생 운돌이나 해 처먹어라! 밤새 뺑뺑이 돌아서 돈 긁어모아 배 터지게 잘 먹고 잘 살아라! 던져진 폰에서 들리는 소리는 차 안을 메운다. 동수는 통화 완료 버튼을 누르고 시동을 건다.

"프린스 호텔 곱창 골목요."

동수 뒤통수에 사내의 입김이 훅 끼친다. 노릇노릇 익은 곱창에 소주를 곁들인 술판을 생각하니 허기가 와락 몰려온다. 오늘 종일 먹은 거라곤 팥빵 두 개뿐이다. 중간중간 마신 자판기 커피나 박카스는 속만 쓰리게 했다.

"어이 친구, 여기서 뭘 해? 친구들이 자네 노래 들어야 된다고 난리야."

화장실 입구의 철대 난간에 기대 서 있는 동수를 보자 동창 중 한 명이 소리친다. 인테리어를 한다던 동창이다. 그의 벗겨진 왼쪽 머리엔 본드인지 풀인지 모를 허여멀건 게 말라붙어 있다. 아까 호프집에 있을 때부터 동수 옆에 앉아 있었던 동창이다. 그의 주 업무는 도배라고 했다. 동수는 비틀거리는 도배장이에게 길을 터 주기 위해 철대에 몸을 바싹 붙였다.

"내 도움이 필요하면 언제든지 연락하라고!"

동수는 도배장이에게 받은 명함을 지갑에 끼운다. 그는 호프집에서 동수를 보자마자 명함부터 내민 사실을 잊은 것 같다. 도배장이뿐만 아니라 여기저기서 받은 명함으로 지갑은 빽빽

했다.

내가 필요할 땐 나를 불러 줘 언제든지 달려갈게

동수는 도배장이가 흥얼대는 노래를 들으며 현관 입구 쪽으로 걷는다. 점퍼 주머니 안이 허전하다. 늘 손에 착 안기던 폰이 만져지지 않는다. 밤이 깊어질수록 걸려 오는 전화들은 거의 받고 싶지 않은 전화들이라 대시보드에 얹어 둔 채 나왔다. 손에 잡히는 담뱃갑은 홀쭉하다. 술판에 담뱃갑을 올려 둔 게 잘못이었다. 모인 동창들 대부분이 골초들이었다.

동수는 밴드를 통해 동창모임 2차 장소로 삼겹살집 부근의 호프집으로 옮겼다는 것을 알았다. 호프집은 40여 명의 동창들이 떠들어 대느라 난장 분위기였다. 잔을 치켜세워 부딪칠 때마다 '불금을 위하여'라고 외쳐 댔다. 동수를 기억하는 동창은 없었다. 고등학교 졸업 후 26년 만에 처음 만나는 동창들이지만 어제 만난 듯 친근하게 굴었다. 일을 마친 밤이지만 집에 성큼 발을 들여놓기 싫은 것은 동창들도 마찬가지인 것 같았다. 애써 찾지 않으면 술자리도 뜸한 시절인 것 또한 그들도 동수와 다르지 않은 것 같았다. 그들도 홀로 나가떨어진 기분에 젖지 않으면서 자신이 드러나지 않는 술판을 찾고 있었는지도 몰랐다.

프린스 호텔 뒷골목에 손님을 내려 주고 주변을 뱅뱅 돌았다. 에볼라의 전화만 서너 통 있었을 뿐, 인질을 찾는 전화는 한참 동안 없었다. 동수는 에볼라의 전화를 받지 않았다. 누군가에게 위치추적 당한다는 것이 좋을 리가 없었다. 에볼라는 끈질기게 인질을 불러 댔다. 셔터 내린 어두컴컴한 금은방 골목에 인질이 뿜어 대는 빛으로 택시 안이 환했다. 동수는 그 빛을 이용해 오늘 하루 수입금을 셌다. 모두 12만 3천 원이었다. 사납금으로 3만 2천 원이 모자랐다. 터미널과 예술회관 주변에서 너무 오래 비비적거린 것 같다는 생각과 중고 폰 매매상이 보이면 그냥 인질을 팔아 버릴까 하는 생각이 교차하는 순간 골목을 순찰하는 패트롤 경찰차가 마주 오고 있었다. 동수는 시동을 재빠르게 걸어 금은방의 셔터 쪽으로 차를 바짝 붙여 골목을 빠져나왔다.

프린스 호텔 몇 블록을 지나 안마시술소와 모텔이 모인 골목에 주차를 하고 그 길 맞은편인 동창모임 2차 장소로 갔다. 호프집 입구에서 인질의 목소리를 죽였다. 반갑다, 친구야. 호프집 자리에 앉자마자 여기저기서 악수를 청하는 동창들의 손들이 날벌레처럼 날아들었다. 쩽! 건배는 경쾌했다. 이제 밴드에 들어와 댓글도 좀 남기고 번개모임에도 자주 나와라. 누군가가 동수 어깨를 치며 건배를 청했고 누군가가 오징어 다리를 입에 넣어 주었다. 빈속에 500cc 생맥주를 연거푸 몇 잔 들이켰더니 어질어질했다.

부르르르르. 동수는 입안에 남아 까끌까끌한 땅콩가루를 혀로 밀어내며 인질을 꺼내 든다. 개죽이다. 허명이 그토록 자주 전화를 했던 개죽이지 않은가. 그는 부재중 확인을 너무 늦게 했거나 허명에게 전화를 할까 말까 망설이던 중 전화를 한, 둘 중 하나일 터였다.

"이 미친년이 왜 자꾸 전화질이야! 내가 요새 너 같은 년 때문에 죽게 생겼다고 몇 번이나 말했어. 먹고 죽으려 해도 없다는데 왜 자꾸 귀찮게 굴어. 응? 이미 갖고 간 거 독촉 안 하는 것만 해도 어디라고!"

가래 낀 개죽의 목소리는 탁하고 굵다. 동수는 2층에서 내려오는 한 무리의 취객들에게 길을 터 주며 인질을 귀에 바싹 댄다.

"나는 미친년이 아니고 택시 기삽니다."

동수는 인질을 잡아 놓게 된 이유를 또 설명했다.

"아, 그러면 파출소에 갖다 맡기든가 해야지, 남의 폰을 뒤져 이래도 되는 거야?"

"뭐 그렇게 해도 되겠지만 파출소에 맡기면 허명 씨가 귀찮아져. 찾을 때 신원조회다 뭐다 해서, 그 뭐 우리나라 파출소가 그렇지 않소?"

"그런데 왜 나한테는 귀찮게 굴어?"

"귀찮게 하는 게 아니라 이 폰을 주인에게 찾아 주는 방법을 함께 생각해 보자는 거지. 대신 좀 받아 주든가. 보아하니 이 폰 주인과 친한 것 같은데."

"친하다니! 누가! 내가 그런 사기꾼 같은 년 하고 친하다고? 미친 개 같은 소리 그만 작작하고 파출소에 맡기든지 박살내든지 알아서 해. 다신 이딴 일로 나한테 전화하지 마, 알겠어?"

전화가 끊기자 귀가 먹먹하다. 개죽 끓듯 부글부글한 개죽 표정이 눈에 선하다.

"개씨발 새끼!"

동수는 빈 담뱃갑을 꾸깃꾸깃 구겨 지하계단으로 힘껏 던진다. 개죽에게 발신버튼을 다시 눌렀으나 두세 번의 발신음이 흐른 뒤 멎었다. 뚜뚜뚜뚜. 배터리를 뺀 소리다. 너 같은 개새끼는 돈을 더 떼여 봐야 정신 차릴 것이라는 말을 하지 못한 게 아쉽다. 캭! 동수는 바닥에 가래를 뱉은 뒤 허겁지겁 지하계단을 밟는다. 계단 모서리를 디디다 미끄러질 뻔했다. 계단 모서리에 붙어 있는 고무 쫄대는 미끄러웠다.

단체 룸은 맨 안쪽이다. 노래방 입구 문을 밀자 퀴퀴한 냄새가 와락 덮친다. 불그죽죽한 노래방기기 화면에는 만 원짜리 지폐가 덕지덕지 붙어 있다. 귀청이 멍하다. 몇몇의 동창들은 몸을 가누지 못하고 한쪽 구석에 고꾸라져 있다. 어느덧 인원은 움푹 줄어 열댓 명가량 남았다. 누군가 부르던 노래를 정지시키고 동수에게 마이크를 들이민다. 남의 노래를 제대로 듣지도 않으면서 악착같이 노래를 시키는 곳이 노래방이다. 동수는 부를 줄 아는 노래가 거의 없다. 뒤져 볼 것도 없이 노래방기기에 번호를 바로 누른다. 전주가 나오자 앉아 있던 동창들도 일어나 동수를 에워싼다. 말 달리자. 동수가 아는 리듬은 이뿐이다. 마꾼들 중 누군가가 불렀던 노래였다. 말 달리자, 라는 후렴구에서 대여섯 명의 패거리들 모두 일어나 어깨를 겯고 부르던 노래였다.

　살다 보면 그런 거지 우후 말은 되지
　모두들의 잘못인가 난 모두를 알고 있지 닥쳐
　노래하면 잊혀지나 사랑하면 사랑받나
　돈 많으면 성공하나 차 있으면 빨리 가지 닥쳐
　닥쳐 닥쳐 닥쳐 닥치고 내 말 들어
　우리는 달려야 해 바보 놈이 될 순 없어 말 달리자

"명문고등학교 전속 가수 나왔다!"
　맥주병 뚜껑을 한쪽 눈에 붙인 누군가가 엄지를 치켜세우며
소리 지른다. 간주가 나오는 사이 동수는 애꾸가 쥐어 주는 폭
탄주를 들이켠다. 동창들은 채찍을 흔들며 고삐를 당기는 시늉
을 한다.

　이러다가 늙는 거지 그땔 위해 일해야 해.
　뭐든 막혀 있지 우리에겐 힘이 없지 닥쳐…

　부르르르르. 부르르르르. 후반부가 시작되었지만 동수는 박
자를 놓쳤다. 동수는 저만큼 달아난 박자를 따라잡느라 마이크
만 제 가슴 앞으로 바싹 당긴다. 부르르르르. 부르르르르. 인질
은 자꾸 진저리를 친다.

놋그릇

방바닥에 깔린 것은 분명 놋그릇들이다. 형광 불빛이 그릇마다 비쳐 방 안은 여러 개의 등을 켠 듯 환하다. 손 씨는 놋주발의 안과 겉, 아래 위를 살살 돌려 가며 본다. 흥한 자국 없이 매끈한 그릇은 하나도 없다. 그릇 안팎 군데군데 찍혔거나 삭은 자국들이 듬성하다. 손 씨는 검지에 광목을 살짝 감아 놋숟가락 손잡이에 새겨진 매화가지 홈에 낀 때를 문지른다. 고약처럼 까맣게 눌러 붙은 때나 곰팡이는 이제 닦음질로는 지워지지 않는다. 그릇이 물고 온 세월은 늙은이 나이 정도는 더 됐을 것이다. 놋그릇은 손 씨가 시집왔을 때부터 시어머니가 이미 쓰고 있었다.

놋그릇을 매만진 손에는 비릿한 쇳내와 눅진한 습기 냄새가 짙다. 쇳내와 습기가 뒤섞인 냄새는 땀내 같기도 하고 우기가 밴 바람 냄새 같기도 하다. 이 눅눅한 냄새만이 손 씨에게 명징

한 현실감을 안겨 준다. 작은방 쪽창으로 비쳐 드는 외등의 빛도, 바깥의 어둠도, 자식들의 목소리도, 놋그릇을 걸터듬는 손가락의 움직임도 모두 꿈같기만 하다. 작은며느리가 보시기, 옹파리, 종발 등을 채반 쪽으로 끌어 옮긴다.

채반에 담긴 제수는 여느 제사 때보다 적다. 구색은 골고루 갖췄지만 딱 제사상에 올릴 양만큼이다. 결국 작은며느리 뜻대로 제수를 사서 상에 올리게 된 셈이다. 대소쿠리에 담긴 튀김옷은 기름을 잔뜩 먹었는지 축축하다. 조기는 아가미가 빳빳한 게 싱싱해 보이고 서대란 놈도 뱃살이 톡톡하다. 나물거리와 전 종류 등 제수는 딱히 흠은 없다. 며칠 걸려 제수거리를 준비해 놓고도 제사 음식을 사서 올려야 하는 손 씨 마음은 짯짯하다. 제사 당일인 오늘 굽고 데치기만 하면 제사상에 올릴 수 있도록 며칠 동안 준비해 놓은 제수거리였다.

손 씨는 방금 전까지 쓰러진 게 아니라 몇 시간 깊은 잠에 든 것 같다. 부엌 뒤란의 세탁기 안에 손 씨가 낮에 입었던 통치마와 속곳이 담겨 있는 걸 방금 확인했다. 세탁기 안의 통치마와 속곳은 젖어 있었다. 누가 옷을 벗기고 갈아입혔는지 궁금하지만 도무지 물을 용기가 없다. 아랫도리를 다른 사람 손에 내맡길 지경이라면 망령에 이른 게 아니고 무엇이랴 싶다.

"어머니, 제사 준비하시느라 그렇게 힘드셨으면 진작 말씀하시죠."

"늦었다, 어서 서두르자꾸나."

무슨 말을 해서라도 참담한 순간을 면해야 했다. 힘껏 외쳤으나 목청은 잦아들었다.

"어머니처럼 제사를 극진하게 여기는 사람은 세상에 없을 거야."

작은며느리의 혼잣말은 쪽방까지 들린다. 손 씨가 마루로 병풍을 끌어당기자 작은아들이 병풍을 홀렁 받아 든다. 아들은 병풍 덮개를 풀어 병풍을 펼친다. 병풍이나 제기들을 미리 털고 닦아 놓아야 했다. 오십여 년 동안 제사를 관장해 오면서 오늘처럼 허둥거려 본 적은 없다. 갓 시집와서 첫 제사를 준비할 때도 이토록 서름하지는 않았다.

목욕을 다녀온 아침까지만 해도 일머리가 착착 줄 잡혀 있었다. 여느 제사 때와 같이 생선을 먼저 쪄 놓고 다른 일을 잡으려 했다. 데쳐 놓은 시금치가 적은 듯해도 그냥 넘어갔으면 아무 일 없었을 것이다. 손 씨가 조금만 수고를 한다면 나물 대접이 푸짐해질 거라 여겨 무채를 썰다 제쳐 놓고 밭에 올라간 게 화근이었다. 그러잖아도 추위가 닥치기 전에 시금치를 모두 솎으려던 참이었다. 시금치를 솎는 동안 생선찜 솥을 가스 불에 얹어 놓은 걸 까맣게 잊었다. 나물 소쿠리를 들고 주방으로 왔을 때 이미 생선찜 솥은 겅그레까지 흑갈색으로 다 타 있었다. 부엌 쪽문과 뒷문을 확 열어도 연기는 쉬 빠져나가지 않았다. 우중충한 날씨 중 잠시 해가 나고 바람이 불면 생선 망태기를 빨랫줄에 매달았고, 이슬비가 푸슬푸슬 날릴 때면 망태기를 거두어들이면서 어렵사리 말린 생선이었다.

탄 솥을 씻고 있을 때 작은아들이 들어섰다. 작은아들은 제 처를 대신해서 손 씨를 돕겠다고 왔지만 무슨 일부터 아들한테 맡겨야 할지 몰랐다. 시금치도 물컹하게 데쳐졌다. 일은 자꾸 어그러졌다. 돈저냐를 만들기 위해 으깬 두부와 다진 채소를 버무리고 있어도 마음은 전부 탄 생선에 가 있었다. 암갈색으로 탄 생선은 도저히 제사상에 올릴 수가 없을 것 같았다. 손 씨는 아들이 물에 불린 밤과 칼을 차고 마루에 앉는 걸 보고 시장에 나섰다. 얼른 사서 물기를 뺀 뒤 굽는다면 탄 생선보다는 나을 터였다.

단골 생선 장수 할멈은 눈을 동그랗게 뜨고 손 씨 표정을 살폈다.

"며칠 전에 제수 생선을 다 장만해 갔잖우?"

손 씨가 담배 한 개비를 빼 드는 것을 본 할멈은 고무장갑 낀 손으로 도마를 쓰윽 쓸었다. 장터에서 산전수전을 겪은 장사꾼답게 생선 장수 할멈은 손 씨의 된 사정을 가늠한 것 같았다. 마음먹은 대로 안 되는 게 인생에 어디 한두 번 있으랴, 하고 눙쳐도 괜찮은 자리건만 손 씨는 애써 냉엄한 표정을 지었다. 할멈이 민어 배를 가르고 내장을 긁어내는 걸 보고서야 마음이 놓였다. 프라이팬에 기름을 조금 많이 둘러 굽는다면 눋지 않고 노릇노릇하게 잘 굽힐 것 같았다.

민어와 도미가 든 생선봉지는 묵직했다. 시장에서 집까지는 마을버스로 세 코스라 늘 걸어 다녔지만 마음이 쫓겨 버스를 타야 했다. 생선가게에서 나오면서부터 오줌은 마려웠다. 버스를 기다리고 서 있으니 오줌은 더 이상 참아질 것 같지 않았다. 정류소 앞 청과물 가게 화장실 신세를 지고 갈 것인지 참았다가 집까지 갈 것인지 생각하는 사이 버스가 왔다. 평일 한낮의 버스는 한산했다. 거리는 떨어진 은행잎이 비닐봉지에 휩쓸려 뒹굴었다. 어디에서 날아왔는지 스티로폼 상자도 구청 담을 스치며 굴렀다. 모처럼 볕 좋은 바람이 불었다. 남편 제삿날이라고 날씨가 부조를 하는 것 같았다.

버스에서 내리자 온몸이 덜덜 떨렸다. 몸살기가 도지는 것 같았다. 오줌을 참으면서 생선을 쥔 손아귀에 힘을 꽉 주었다. 집 앞까지 와서 대문을 미는 순간 몸이 허공으로 붕 뜨는 것 같았고 아랫도리가 뜨뜻해지는 것 같았다. 눈을 뜨니 손등에 링거 주삿바늘이 꽂혀 있고 작은아들이 간이 의자에 앉아 병원 창을 멍하니 바라보고 있었다. 밖에는 청회색 어둠이 차 있었다. 병원에서 눈을 뜨자마자 신발을 주워 신고 병원 문을 밀고 나서면서 새로 사 온 제수 생선봉지는 어디 있냐고 작은아들한테 성급하게 물었다. 집으로 오는 택시 안에서 어떻게 된 거냐고 작은아들한테 물었지만 아들은 속 시원하게 말하지 않았다. 아무 것도 아닙니다. 과로하셔서 잠시 기운을 잃어버리신 겁니다. 기운만 잃었다면 다행이었다.

"이제 어머니한테 그런 증세가 있으신데 앞으로 제사를……."

"세차장 주인을 만난 일은 잘 됐느냐?"

"어머니, 그걸 기억하시네요."

"일도 좋지만 끼니를 잘 챙겨 먹고 다녀야지, 얼굴이 많이 상했어."

오금을 박아야 한다. 며느리는 제사를 매조지고 싶은 거다. 기필코 여러 기제사를 합쳐서 한꺼번에 지내자는 말을 꺼낼 것 같다. 내색은 하지 않지만 며느리는 손 씨가 망령에 든 것이라 여길지도 모른다는 생각이 든다. 잠깐 쓰러진 시간을 빼고는 오늘 있었던 것 죄다 기억하노라 며느리에게 말하고 싶다. 오늘 아침 일찍 며느리는 손 씨에게 전화를 걸어 보험 계약이 있다며 늦을 거라 했던 것과 며느리는 오늘 만날 계약자를 고객으로 끌어들이기 위해 오랜 시간 공을 들였다는 말까지 기억했다. 평생 손에 익은 일, 손 씨 혼자서 꼼지락거리며 조용히 할 테니 일다 보고 오라는 말을 끝으로 전화를 끊은 것까지 모두 기억한다고 며느리에게 힘줘 말하고 싶다.

"정현네!"

작은며느리는 꼬지산적을 편틀에 올려놓으며 손 씨를 바라본다. 손 씨는 며느리의 얼굴을 보니 무슨 말을 해야 할지 떠오르지 않는다. 작은며느리 얼굴에 큰며느리의 얼굴이 포개어져 떠올랐다. 큰아들 내외가 이혼만 하지 않았더라도 작년부터 큰아들이 제사를 지냈을 것이다. 작년에 시아버지 제사를 끝으로 손 씨는 제사에 손을 떼기로 자식들과 의논이 됐다. 손 씨가 일흔 살이 넘어서부터 큰아들이 제사를 갖고 가겠다고 했다. 한 해만 한 해만 하다 보니 일흔여덟 살까지 제사를 쥐고 있게 되었다.

"저희가 제사를 맡으면 전 놋그릇 대신 목기로 하려고요."

큰며느리의 요구는 대단한 것이 아니었다. 무겁고 관리하기 버거운 놋그릇은 손 씨도 내키지 않았다. 평생 써 왔던 그릇을 굳이 없앨 이유가 없었기 때문에 놋그릇을 쓸 뿐이었다. 손 씨는 동사무소 가는 길에 대형 마트 입구에 내놓은 목기를 볼 때면 한참 동안 그 앞에 서성거렸다. 좋은 때가 되면 참나무로 만든 제기를 새로 장만하려는 마음은 오래전부터 갖고 있었다.

그릇뿐만 아니라 예에 크게 벗어나지 않는다면 큰며느리가 하는 대로 내맡길 요량이었다. 제사상에 생선 한 마리에 나물 한 접시만 올린다 하더라도 그것은 큰며느리 방식이었다. 큰며느리 하는 방식에 간섭하지 않으려고 했다. 그러나 큰며느리는 떠났다. 윤달에 맞춰 병풍과 제기를 새로 장만해서 큰아들네에 보내려고 했던 계획이 허물어지자 혼자 이런저런 생각을 꿰맞췄던 게 객쩍기만 했다.

큰아들이 의류매장을 한다고 할 때 완강하게 말렸어야 했다. 아들은 이미 다단계 사업에 실패하여 제 집마저 잃은 상태였다. 조급증이 일수록 마음을 눅이고 가만히 있어 보는 것도 고비를 헤쳐 가는 묘안이라고 아이 어르듯이 큰아들을 타일렀다. 이미 사업 계획에 붕 떠 있는 큰아들에겐 어떤 말도 먹히지 않았다.

40여 평 되는 손 씨의 낡은 슬래브 집마저 큰아들의 사업 밑천으로 은행에 잡혔다가 날려 버렸다. 그즈음 슬래브 집을 처분해서 자그마한 아파트로 옮겨 가라는 자식들의 말이 오고 갈 무렵이었다.

손 씨는 떠나는 큰며느리를 붙들 염치가 없었다. 큰아들 내외는 평소에도 이혼이라는 말을 자주 입에 달고 있던 터였다. 불화를 일으킨 쪽은 아들인 것 같았다. 큰며느리는 중학생 2학년생과 초등학생 6학년인 손녀들을 데리고 제 언니가 있는 캐나다로 떠났다. 큰아들은 작은아들보다 늦게 장가를 들어 큰아들 자식들은 작은아들 자식보다 더 어리다. 며느리가 떠난 뒤 아들은 제 친구가 하는 라텍스 사업을 배우겠다고 캄보디아로 간다 했지만 큰아들한테서는 아무 소식이 없다. 작은며느리는 이 기회에 다른 집처럼 여러 기제사를 한꺼번에 모아서 지내자고 했다. 보세요 어머니, 제사 음식도 이렇게 사서 하면 돼요. 작은며느리가 펼친 광고 전단지에는 제사상이 차려진 사진과 가격대가 적혀 있었다. 사진 속의 제사상은 화려했다. 돈이 좋은 것인지 제사가 내몰리는 것인지 얄망궂은 기분이었다.

손자가 제기에 담긴 음식을 쟁반에 받쳐 들고 교자상으로 나른다. 손자가 마루에 발을 디딜 때마다 마루에서 찌걱거리는 소리가 난다. 마루라고 해 봐야 몇 쪽밖에 안 되는 쪽마루다.

"다른 집 고3들은 제사 같은 집안 행사를 제쳐 놓고 공부에만 몰두한다던데."

"엄마는 참, 제사도 모르고 조상도 모르는 다른 집 고3들하고 나하고는 다르지. 난 공부보다 인간의 도리를 우선으로 여기거든."

제 어미의 말에 응수하는 손자는 제법 능청스럽다. 허리가 길쭉한 것도 삐삐 마른 것도 제 아비를 닮았고 데면데면한 면은 제 어미를 닮은 것 같다.

붓펜을 쥐고 고개를 숙인 아들의 옆모습은 홀쭉하다. 술에 쓸린 흔적일 게다. 아들이 저녁마다 술에 취해 들어온다는 며느리의 하소연을 여러 번 들었다. 아들에겐 요즘 술이 아니면 무엇이 위안이랴 싶어 며느리의 말을 잠자코 듣고만 있었다. 아들은 지방을 여러 장 써서 방바닥에 펼쳐 놓았다. 지방에 쓰인 글씨체는 모두 같아 보인다. 그런데도 아들은 어느 글씨가 더 낫냐고 굳이 묻는다.

작은아들은 철강회사 생산 라인 주임으로 있으면서 노조에 깊이 관여하는 통에 일자리를 잃었다. 띄엄띄엄 날일은 하는 것 같았지만 마땅한 일자리를 찾지 못한 것 같았다. 아들은 법무사를 하는 제 친구 사무실에 가서 일을 거든다고 했지만 거기서 긴한 일을 하는 것 같지 않았다. 작은아들은 가끔 낮에 손씨를 불쑥 찾아와 점심을 먹고 팔베개를 하고 한참 누웠다가 나가곤 했다. 작은며느리가 보험설계사를 해서 세 식구의 호구지책은 겨우 하는 눈치였다.

"할머니 전화 받으세요."

손자가 수화기를 손 씨 귀에 대 준다. 윤 보살이다. 콩고물이 묻은 손을 털고 수화기를 잡고 귀에 바짝 댄다. 윤 보살은 오늘 낮에 노인정에 모여 호박전을 부쳐 먹기로 했는데 왜 안 왔냐고 묻는다.

"오늘 우리 영감 메 올리는 날이네."

"참, 성님 집에 이맘때 제사가 있었지요. 지금 한창 바쁘실 텐데 이만 끊겠어요."

내일 나물밥이라도 먹으러 오라 말할 틈도 없이 전화는 끊겼다. 눈치와 체면이 빠른 윤 보살이다. 윤 보살의 말은 귓청에 오물오물 고였다가 귓속으로 왈칵 넘어간 것 같다. 윤 보살의 목소리를 들으니 정지된 시간들이 또박또박 살아 움직이는 것 같다. 손 씨에겐 윤 보살은 늘 현재이며 현실이다. 요즘 손 씨가 자주 어울리는 사람은 윤 보살이다. 윤 보살은 집에 신주단지를 모시고 있지만 내놓고 무속인 티는 내지 않았다. 나이는 손 씨보다 여섯 살 아래지만 노인정에 나오는 여느 늙은이보다 속이 웅숭깊고, 무슨 말을 주고받아도 뒤가 꿍하지 않았다. 가끔 윤 보살은 비손거리를 맡으면 손 씨를 데리고 갔다. 윤 보살은 비손이 끝나면 담뱃값이라도 하라며 손 씨 주머니에 지폐 몇 장을 꿰질러 주었다. 갑갑하던 터에 밤바람을 쐬게 해 주는 것도 고마운데 담뱃값까지 받자니 내키지 않아 한사코 거절을 했지만 손 씨는 윤 보살의 고집을 당하지 못했다.

담장에 참새 떼가 앉았다 날아가도 마음이 허전할 때가 있었다. 그럴 때면 멀쩡한 이불 홑청을 뜯어 씻었다. 장롱 속의 옷들을 꺼내 다시 개키고 담 귀퉁이에 돋은 잡초를 뽑아도 시간은 그대로 머물러 있는 것 같았다. 재수 패도 오래 앉아서 두면 등줄기가 당겼다. 이도 저도 시들할 때는 근대나 상추를 솎아 윤보살한테 갔다. 윤 보살은 손 씨를 아랫목에 앉혀 놓고 김치전을 구워 날랐다. 어느 누가 그토록 으늑하게 맞아 주랴 싶었다.

지금 사는 집도 윤 보살이 알선해 주었다. 금 스무 냥과 바꾼 집이다. 젊어서부터 생활비를 조금씩 여투었다가 아무도 모르게 마련해 둔 금이었다. 등산로 입구에 듬성듬성 있는 무허가 집들 중 한 채지만 금 스무 냥 값치고는 집은 구석구석 쓸모가 있다. 사개가 틀어진 문짝들, 장석이 떨어져 나가 반쯤 쓰러진 대문 등, 헐고 문드러진 구석들을 쓸고 닦고 다듬은 집 본새는 괜찮았다.

이사 오기 전의 집 부엌은 이 집 부엌보다 훨씬 넓었지만 여자 셋이 들어선 부엌은 복닥거렸다. 큰며느리는 주로 전거리를 맡았고, 작은며느리는 소소한 뒤치다꺼리를 했다. 손 씨는 생선을 찌는 것과 탕거리에 신경을 쓰며 며느리들이 만든 음식 간을 보기도 했다. 손 씨에게 지청구를 들으면서도 작은며느리는 전을 보며 막걸리 타령을 했다. 전을 찢어 막걸리 한 잔씩 하자는 작은며느리가 밉지 않았다. 자식들과 얼크러지는 맛에 명절이나 제삿날을 기다린 적도 있었다. 며느리들이 부엌에 머무는 동안 아들들은 술상을 마주하고 술잔을 기울였다. 손자 손녀들은 텔레비전 앞에서 쫑알쫑알 떠들었다. 이 모두는 제사나 명절이 아니면 좀체 보기 힘든 풍경이었다.

사지 않은 제수는 밤뿐이다. 손 씨가 생선을 사러 간 사이 아들은 밤을 반듯하고 정갈하게 깎아 놓았다. 다이아몬드 모양으로 반듯하게 각을 만들어 뽀얗게 쳐낸 밤을 넓둥근 제기에 수북이 올려놓으니 전구를 켠 듯 상은 환하다. 밤은 예전에 남편도 잘 쳤다. 누가 시키지도 않았는데 밤 치는 것은 남정네들이 도맡았다. 남편이 죽은 후 큰아들과 작은아들이 돌아가면서 밤을 쳤다. 제사상을 물리고 음복을 할 때면 손 씨는 늘 밤을 집곤 했다. 오도독 씹히는 밤 맛은 시원하고 달았다.

"칠 부로 담으라고 때마다 일렀건만."

며느리는 그릇 가득 탕을 담는다.

"정현 엄마, 좀 잘해. 그렇게 보고도……."

"목소리 낮추게. 자, 오늘은 정현네가 메를 푸게. 메는 제사 준비하느라 수고가 많은 사람이 푸는 것이네."

조상은 메를 담는 사람한테 복을 준다고 들어 왔다. 메를 꾹꾹 눌러 담으면 자식들 하는 일이 잘 풀린다는 말을 꼭 믿지는 않았지만 메를 풀 때마다 그 말은 잊히지 않고 떠올랐다.

"그릇이 곯지 않게 좀 더 꾹꾹."

손 씨는 며느리가 든 그릇과 주걱을 받아 쥐고 밥을 몇 주걱 더 얹는다. 고봉이다.

"제사 때마다 늘 이렇게 꾹꾹 눌러 담았잖아요. 그런데 우리는 왜……."

며느리는 말을 하다 얕게 한숨을 쉰다. 큰아들은 하는 일마다 실패다. 집도 잃고 큰며느리와 손녀도 떠났다. 작은아들은 실직했다. 이래도 자식들이 잘된다 말할 텐가? 조상을 섬겨 봐야 무슨 소용이 있단 말인가. 며느리가 하려는 말이 무엇인지 손 씨는 잘 안다. 그러나 며느리의 물음에 답할 수 있는 말은 간명하지는 않았다.

"뒷문 열어야지."

아들은 상 앞에 돗자리를 돌돌 펴며 손자에게 이른다. 돗자리 가장자리 귀에 검은 천을 몇 번이나 덧대 박음질을 했지만 골은 제 수명을 다했는지 너덜너덜하다. 아들이 향로 뚜껑을 여는 걸 보며 손 씨는 담배에 불을 붙여 마당을 내려선다. 등산로 입구에 선 가로등이 마당을 비춘다. 담장 아래 얼룩덜룩 부풀어 핀 국화더미도 어느새 다 말랐다. 아련하게 들리던 귀뚜라미 소리도 어느덧 뚝 끊겼다. 대문을 활짝 연다. 손 씨는 대문에 기댄 뒤 심호흡을 크게 해 담배 연기를 내뿜는다.

그것은 꿈이었던가, 환영이었던가. 좀 전 까무러쳐 쓰러진 것은 남편을 만나기 위해서였던가. 죽고 나서 한 번도 꿈에 나타나지 않던 남편이었는데 눈을 뜨기 조금 전에 본 사람은 분명 남편이었다. 남편은 손 씨가 나가는 노인정 잔칫상에 나타났다. 인생 뭐 별 것 있답디까? 다 내려놓고 얼싸절싸 신명이나 떨고 삽시다, 그려. 남편은 꽈배기처럼 몸을 꼬다가 바닥에 넘어졌다. 그 바람에 노인들은 배를 움켜쥐고 웃었다. 남편은 주춤주춤 일어서서 새로운 춤사위를 펼쳤다. 손목을 꺾어 팔을 접었다 폈다하는 자태가 예사롭지 않았다. 춤판이 끝난 뒤, 남편은 손씨 곁에 다가와 술잔을 쥐어 주었다. 할멈, 나 없는 시간들을 이고 지고 떠메고 산다고 애 많이 썼소. 자, 주욱 마셔요. 손 씨는 막걸리를 천천히 마셨다. 막걸리 사발이 넓죽해서 얼굴을 가리기에 좋았다. 명치가 아려 왔지만 어금니를 옥깨무는 모습은 막걸리 사발로 가릴 수 있었다. 남편을 향했던 원망과 미움들이 남편을 보자마자 한순간에 흘러 녹는 게 그렇게 간사스럽게 느껴질 수 없었다. 한참 동안 막걸리 사발을 얼굴에서 떼지 않았다. 남편은 손 씨가 얼굴에서 사발을 놓을 때가지 묵묵히 기다렸다. 막걸리를 다 비운 사발을 내려놓았을 땐 남편이 없었다. 손 씨는 얼른 노인정 밖으로 뛰쳐나갔다. 남편은 저만치 성큼성큼 걷고 있었다. 남편은 아무리 불러도 뒤돌아보지 않고 잰걸음을 놓았다. 손 씨가 남편을 쫓아 달려갈 때 깼다. 눈을 떴을 때 병원 창밖을 내다보던 작은아들한테 네 아버지는 어디 갔냐고 물을 뻔했다.

담장 너머 잎 떨어진 나뭇가지는 달무리에 젖어 있다. 저고리 섶을 파고드는 밤공기는 차다. 남편이 죽던 날 19년 전, 날씨가 어땠는지 기억나지 않는다. 꿈에서나마 신명에 겨워 춤사위를 펼치는 남편이 보기 좋았다. 남편의 삶은 춤판과 거리가 멀었다. 남편은 세워 놓은 볏단처럼 얌전한 사람이어서 남 앞에서 노래 한 소절도 부르지 못했다. 남편과 내외하며 지내지는 않았지만 남편과 정이 깃든 말을 주고받은 기억도 없다. 남편의 정을 느낄 수 있었던 때는 남편이 손 씨 몫으로 성냥 통에 담배를 빼놓고 출근할 때였다. 남편은 성냥 통에 담배를 빼놓는 일을 하루도 거르지 않았다. 가슴에 바윗덩어리가 누르는 것같이 답답했던 처녀시절, 바람 구멍이라도 뚫을까 싶어 물고 피웠던 것이 궐련이었다. 까닭 없는 정념들에 붙들려 나물 소쿠리를 옆구리에 끼고 종일 밭두렁을 걸었던 처녀시절이었다. 폐를 질러오는 매캐한 바람에 숨통이 틔었다. 그렇게 시작한 게 평생 머리맡에 담배를 두고 살게 되리라고는 생각지도 못했다.

"할머니, 들어오시래요."

손 씨는 흙바닥에 담배를 비벼 끄고 손자 손에 이끌려 쪽마루에 올라선다. 맵싸한 향내가 코를 파고든다. 교자상 너머 병풍은 산처럼 우뚝하다. 영정 속의 얼굴은 모두 다 같아 보인다. 남편은 시아버지 같기도 하고 친정아버지 같기도 하다. 희로애락에 치이고 부대낀 흔적은 어디에도 비치지 않는다. 이승에서 견고튼 흔적은 죽으면 바람이 다 걷어가 버리는 것일까.

손 씨는 영정을 자세히 본다. 남편의 호기로운 모습은 남편이 술에 취한 날에야 볼 수 있었다. 비틀거리는 몸을 겨우 가누고 집에 들어온 남편은 아들들을 깨워 노래를 시키곤 했다. 아들들은 잠에 취한 채 반쯤 감은 눈으로 노래를 불렀다. 남편은 아이들 노래가 끝나기도 전에 요 위에 쓰러져 이내 코를 골았다. 양말목은 발뒤꿈치까지 내려와 있었다. 탄력이라고는 없는 양말이었다. 손 씨는 해가 뜨면 발목에 딱 올라붙는 질기고 탄성이 좋은 양말을 두어 켤레 사리라 결심했지만 시장 양말 전을 몇 바퀴 돌고도 그냥 돌아왔다. 늘품 없고 요령 없던 시절이었다.

"잔 칠까요?"

"그래야지. 정현네도 어서 오게."

며느리는 고름을 매며 쪽방에서 나온다. 겨자 색 바탕의 저고리에 자주색 고름을 매고 자주색 치마를 받쳐 입은 며느리의 자태는 얌전해 보인다. 손 씨는 치맛단을 여미며 상 뒤로 물러선다. 아들은 잔 가득 술을 부어 상에 놓고 절을 한다. 손 씨는 쪽마루 끄트머리까지 물러선다. 엎드린 아들의 등 너머로 향 연기가 자욱하다. 영정 앞에 버젓이 서 있기가 이처럼 옹송그려졌을 때는 없었다. 제사 때마다 망자의 영혼이 찾아온다고 여기는 것은 산 사람이 믿고 싶은 미신이라던 작은며느리에게 조상을 기려서 나쁠 것 없다는 말로 타일렀던 게 부끄럽기만 하다. 손 씨는 제사를 내던지려고까지 하지 않았던가!

한 달여 전, 추석이 끝나고 얼마 지나지 않아서였다. 손 씨는 윤 보살을 앞세워 만수사를 찾았다. 베개 속통에 묻어 둔 마지막 남은 금 열 냥을 손수건에 싸서 윤 보살을 따라 나섰다. 군말을 만들지 않고 깔끔하고 편하게 혼령을 앉히는 방법으로 만수사를 택했다. 만수사에서는 오갈 데 없는 제사를 원하는 햇수만큼 지내 준다고 했다. 방광이 느슨해져 헛기침만 해도 속곳에 오줌을 지렸다. 배추 한 포기를 사서 집까지 오는데 중간에 몇 번씩 쉬어야 했다. 다음 제사 때까지 멀쩡할 자신이 없었다. 정신 줄을 놓기 전에 제사의 행방부터 매동그려 놓아야 했다. 길을 두고 뫼로 갈 수는 없는 법, 큰아들한테 가야 할 제사를 작은아들한테 맡길 수는 없었다. 망자를 천덕꾸러기로 만들 수는 없었다. 작은아들도 자식인데 무어 그리 따지느냐는 윤 보살의 말은 틀리지 않았다. 작은아들이 제사를 갖고 간다면 큰아들의 엉성한 삶까지 딸려 가는 것 같아 작은아들한테 제사를 맡기지 않는다는 말은 윤 보살한테 하고 싶지 않았다.

종무소 절차를 다 밟고 나와 법당에서 오래 절을 했다. 오갈데 없는 혼령 데려다 놓았으니 잘 좀 보살펴 달라는 기원을 올리며 절을 하고 또 했다. 지금은 혼령을 데려다 놓지만 혼령이 그리우면 언제든지 데려갈 것이라 했다. 혼령을 홀대하면 다시 데려가겠다며 기원인지 억지인지 모를 중얼거림이 자꾸 흘러나왔다. 옷이 푹 젖도록 오래 절을 했다. 절을 하면 할수록 마음은 허출했다. 절을 할 때 눈을 감으면 큰아들의 수그린 목덜미가 떠올랐다. 작은아들이 손을 모아 쥔 모습이 떠올랐다. 절을 마친 뒤 법당 안을 둘러보았다. 법당 한쪽에는 망자들의 사진이 죽 널려 있었다. 사진 밑에는 망자의 나이와 이름이 적혀 있었다. 젊은이들부터 늙은이까지였다. 손 씨가 맡긴 혼령들도 법당에 앉은 뭇 혼령들과 더불어 망배를 받을 터였다.

대웅전을 나와 돌탑을 서성였다. 종잇장처럼 파들거리는 마음을 다잡으려 애를 썼다. 가을의 오후 햇살이 손 씨 얼굴을 따갑게 쪼았다. 절 마당 한 귀퉁이에 떨어져 터진 감 주위로 벌들이 윙윙거렸다. 감나무에 앉은 참새 떼들이 손 씨 얼굴을 덮칠 것만 같았다. 이제 가야지요. 당간지주 앞에서 윤 보살이 손 씨를 기다렸다. 윤 보살한테 건네받은 손수건으로 이마에 흐른 땀을 꾹꾹 눌러 닦으며 앞서 걷던 윤 보살을 따랐다. 사천왕 문턱을 넘는데 다리가 올려지지 않았다. 계단 아래 계곡물은 돌부리를 거세게 때렸다. 햇살에 반사된 물보라는 안개가 끓는 것 같았다. 어지러웠다. 손 씨는 사천왕 문턱 앞에서 주저앉았다. 손 씨 팔을 잡으려던 윤 보살의 손을 뿌리치고 회오리처럼 급히 종무소로 발길을 되돌렸다.

"소장님!"

손 씨는 두 손을 맞잡고 종무소장을 낮게 불렀다. 어떤 식으로 제사를 맡아 주는지 알아보려고 했지, 제사를 맡기려고 했던 것은 아니라며 제사를 다시 가져가겠다고 사정했다.

"이 늙은이가 변덕과 주책을 부렸습니다."

손 씨는 자신이 무엇엔가 씌었던 것 같았다며 말을 더듬거렸다. 종무소 소장은 손 씨 말을 끝까지 다 듣고 조용히 웃었다.

"보살님 마음 편하실 대로 하십시오. 부처님은 산 자, 망자 가리지 않고 모두를 돌보십니다. 보살님이 원하시는 때 언제든지 다시 오십시오."

소장 목소리는 햇나물처럼 나긋나긋했다. 절 계단을 내려오

면서 몇 번이나 발을 헛디뎠다. 윤 보살은 왜 마음을 바꾸었는
지 묻지 않았다. 콸콸 흐르는 계곡물 소리만 산 속을 메웠다.

만수사를 다녀온 그날, 손 씨는 뭉쳐 놓았던 놋그릇을 꺼내
방 안에 죽 펼쳤다. 천년 묵은 고목처럼 구석에 버티고 있던 놋
그릇 상자였다. 젊었을 적, 어디엔가 힘을 헐어 내지 않으면 숨
이 멎을 것 같이 답답할 때가 있었다. 그럴 때면 놋그릇을 닦으
면서 한나절을 보내곤 했다. 팔에 힘을 주고 빡빡 문지르면 누
르스름하던 그릇들은 햇살을 품은 듯 환하고 뜨거웠다. 목기나
스텐리스 제기에서는 결코 얻을 수 없는 감촉이었다. 놋그릇은
아무리 문질러도 햇살이 되지 않았다. 생채기도 지워지지 않았
다. 그러나 더운 온기는 예전 그대로였다.

넙데데한 놋사발은 손 씨를 향해 떠죽떠죽 웃는 것 같았다.
이별의 고통은 내치는 쪽의 몫이라는 걸 몰랐느냐고 손 씨를
비웃는 것 같았다. 정인과 영원히 헤어지는 방법은 정인과 영원
히 함께 사는 것이라고 말하고 있었다. 손 씨는 무릎을 꿇고 두
손을 바닥에 대고 그릇 안을 들여다보았다. 툽상한 그릇의 바
닥에는 형광 불빛이 얼룩처럼 고여 있었다. 얼룩에는 형광 불빛
말고 손 씨 그림자도 함께 어룽거렸다. 주발을 손가락으로 튕
겨 보았다. 더어어엉. 맑고 둔중한 소리였다. 손 씨는 그릇을 모
두 튕겨 보았다. 더어어엉더어엉. 종소리의 파문 같았다. 놋그릇
을 매만지다 지쳐 시계를 보았을 땐 새벽 두 시가 넘어 있었다.

향 연기가 상 앞에 자욱하다. 두 손을 돗자리에 대고 엎드린

아들의 등은 좁다. 목패에 붙은 지방의 글씨는 또박또박하다. 현고학생부군신위. 손 씨는 영정을 다시 바라본다. 남편 얼굴 위로 큰아들 얼굴이 어룽거린다.

손 씨는 다 알고도 자식들한테 속아 주었다. 어미는 자식이 말을 더듬을 때 더 많은 말을 하고 있다는 걸 안다. 큰아들이 가 있다는 캄보디아가 교도소라는 걸 윤 보살한테도 귀띔을 하지 않았다. 눈이 부리부리한 사람들이 집을 드나들 때부터 조짐을 예감했다. 큰아들이 붙들렸다는 걸 알았을 때 차라리 마음 한쪽은 편했다. 퀴퀴한 뒷골목의 어둠 속을 숨어 다니는 것보다 제때 먹여 주고 재워 주는 철창 안이 나을 거라 애써 자위했다. 그러나 아들이 조금이라도 세상을 어려워했다면 그렇게 크게 일을 벌이지 못했을 것이다. 세상을 업신여긴 죄, 큰아들한테 죄명을 단다면 그것이었다. 기왕 큰아들의 행방을 알고 있는 것, 작은아들한테 큰아들 면회를 가자 해 볼까 하고 몇 번이나 마음을 먹고 또 먹었다. 옥살이는 언제쯤 끝나는지 궁금했지만 알 길은 없다. 아무것도 모르는 체 자식들한테 속아 주려니 용이 쓰인다.

"유세차, 감소고은⋯⋯."

작은아들의 목소리는 우렁차다. 손 씨는 축문의 음조에 취해 슬며시 눈을 감는다. 축문은 갑갑했던 마음에 고랑을 뚫어 졸졸졸 흘러가는 것 같다.

손 씨가 모든 영정 속에서 한 번도 빼놓지 않고 봐 온 모습

은 손 씨 자신의 얼굴이다. 영정에는 물도 흐르고 꽃도 피고 새
도 울었다. 그 속에 자신의 얼굴을 띄워 놓는 버릇은 젊었을 때
부터였다. 아무 것도 보지 않으면서 뭔가를 응시하는 눈, 아무
말도 하지 않으면서 할 말을 가득 담고 있는 것 같은 영정 속의
입은 손 씨의 모습이었다. 영정 앞에 서면 부질없이 몰려왔던
츱츱한 상념들이 다 헤지는 것 같았다. 뒤뜰의 나뭇개비보다 못
한 망자일지라도 망자를 만나는 날이면 가슴을 죄던 그물코가
툭툭 터졌다. 그것은 손 씨가 제사를 기다린 은밀한 즐거움이기
도 했다.

교자상 양 끄트머리의 촛대 받침대에선 촛농이 껄쭉하게 엉
겨 있다. 손자는 제 아비가 받쳐 든 술잔에 버금 주를 따른다.
아들은 술잔을 잔반에 올리고 절을 한다. 아들 손자가 엎드린
등 너머로 향 연기가 몽몽하게 피어오른다.

"영감, 먼 길 오느라 수고했어요. 오늘은 정현네가 애 많이 썼
어요. 맛있게 잡숫고 가세요."

자식들이 상 앞에 절을 끝내고 나면 가끔 손 씨의 마음에 둔
말 한 토막을 입 밖으로 내어 보기도 했다. 아들은 잔을 휘휘
돌린 뒤 퇴줏그릇에 술을 붓는다. 바람이 현관문을 덜컹덜컹 흔
든다. 남편의 영정 위로 만수사 계곡 물이 감실감실 흐른다. 계
곡 돌부리를 훑는 세찬 물소리도 들리는 것 같다. 황망하게 흘
러온 하루였다. 여느 하루는 쥐고 늘어뜨린 것처럼 길었는데 오
늘 하루는 도둑맞은 듯 후딱 가 버렸다. 아들은 잔을 휘휘 돌린

뒤 퇴줏그릇에 술을 붓는다.

"아범, 나도 한 잔 다오."

손 씨는 음복주를 들이켠 아들을 향해 손을 내민다. 아들은 잔에 찰찰 넘치도록 술을 따른다. 손 씨는 단번에 홀떡 마신다. 떫고 쓰다. 손 씨는 두 손을 바닥에 대고 머리를 숙인다. 술기가 도는지 얼굴이 확확 달아오른다. 지금은 아무것도 생각하고 싶지 않다. 그저 향불 앞에 오래오래 엎드려 있고 싶다.

끌

나무는 끌 맛을 안다. 끌 날이 제 살갗에 파묻혀 오면 어떻게 갈라지고 쪼개질 것인가를 진동으로 안다. 끌 자루를 잡은 손이 떨렸다 하면 나무는 앙탈을 부리며 제멋대로 틀어지고 쪼개진다. 가구 생채기에 꽃문양을 덧새길 때는 서두르면 안 된다. 무협지 한두 권 읽을 만한 짬이 있어야 하고 끌 자루에 쏠린 힘을 덜어 낼 줄 아는 요령도 있어야 한다. 애끓게 하는 여자 마음을 비집고 들어가듯 나무를 톡톡 두드리고 달래면 꽃은 음양까지 드러내며 피어날 것이다. 내 끌은 토슈즈를 신은 발레리나처럼 늘 발끝을 곤추세워 사뿐거릴 준비를 하고 있다.

트럭 바퀴가 돌길을 짓누르는 소리가 빠그작빠그작 들린다. 박은 방금 내가 짰던 주문 가구를 모두 싣고 내려갔다. 나는 가구가 치이지 않도록 가구와 가구 사이에 담요를 끼우고 고무밧줄로 단단히 여며 주었다. 가구가 놓였던 바닥을 발로 휘젓듯 걷는다. 톱밥 가루가 풀풀 날린다. 햇빛에 휩싸인 톱밥 가루는 뿌옇다. 내 발자국 소리와 헛기침 소리가 실내에 가득 울린다. 가구는 바닥만 차지했던 게 아니었다. 허공마저 텅텅 빈 소리를 낸다. 작업대와 여기저기 널브러진 연장들, 벽에 세워진 각목과 판재, 자투리 목재와 톱밥과 대팻밥을 쓸어 담은 자루, 시큼한 목재 냄새가 밴 실내는 영락없는 목공소다. 뜰이나 산길 가에 붙은 '찻집 아드반'이라는 푯말이 없다면 이곳이 한때 찻집이었다는 흔적을 찾아보기는 힘들다. 찻집 주인이 작년에 죽자 주인의 아내가 이곳을 헐값에 내놓은 걸 박이 샀다고 했다.

한쪽에 밀쳐 둔 물푸레나무 서랍장을 한복판에 끌어당긴다. 물푸레나무 서랍장은 주문 가구는 아니다. 생나무로 서랍장을 만들어 보고 싶어 비탈에 우거져 있는 물푸레나무 중 한 그루를 솎아 왔다. 생나무는 끌을 호락호락 받아들이지 않았다. 끌날이 목재에 꾹꾹 박히기만 했다. 직각 끌로 제비초리를 따낼 때 나무 조각이 쉽게 떨려 나오지 않았다. 나무심지가 끌을 잡아끄는 것 같았다. 오랜만에 끌을 부린 나는 끌이 나무 맛을 보는 게 아니라 나무도 끌 맛을 본다는 것을 그새 잊었다.

서랍장 문짝에 손잡이를 달고 위판과 문짝에 찍힌 생채기를 다듬고 나면 나는 이곳을 떠난다. 인도네시아에 가 있는 여동생한테 요즘 자주 전화가 온다. 여동생은 나더러 어서 그곳으로 오라고 닦달을 했다. 동생 식구들은 매제의 사업체를 따라 모두 인도네시아로 갔다. 가면서 내 아들도 함께 데리고 갔다.

아내가 떠나면서 아들을 동생 집에 맡겼다. 그 후 아들은 계속 동생 집에서 살았다. 내가 이곳에 온 지 열흘 쯤 되었을 때 아들은 떠났다. 나는 아들 배웅을 하지 않았다. 그날은 일손이 잡히지 않아 몇 시간 산을 헤집고 다니다가 계곡물에 빠져 있다 나왔다. 뿔뿔이 흩어진 세 식구가 다시 뭉쳐질 날은 언제인가, 하는 물음만 새겨졌지 답은 없었다. 아내가 아들을 동생 집에 데려다 놓던 그날이 아내와 마지막 통화를 했다. 아내는 미안하다는 말을 여러 번 했다. 그 뒤, 지방의 지역번호가 뜬 공중전화가 띄엄띄엄 왔지만 받으면 저쪽에서 덜컥 끊었다. 내게 전화를 걸어 끊어 버릴 만한 사람은 몇 되지 않았다. 손에 꼽을 것도 없을 만큼.

박이 가구 주문자를 소개하지 않았다면 나는 이곳에 며칠만 머물고 떠나려고 했다. 주문자가 주문한 것은 책상 하나였다. 느티나무로 판재를 짠 책상은 넓고 묵직했다. 사각 테두리마다 끌로 파내어 층을 이루었다. 정교한 끌질이 필요했다. 주문자는 책상을 보고 나더니 장롱 빼고 여러 가지 가구를 다시 주문했다. 그 주문 가구를 만드는 데 석 달가량 걸렸다. 줄로 톱을 갈고 숫돌에 대팻날과 끌 날을 갈 때는 처음 목공 일을 배우던 시절로 돌아간 것처럼 서름했다.

"자네 끌질 솜씨는 여전해. 이런 연귀 맞춤 좀 보라니깐, 공예 가구 매장에 깔린 가구도 이렇게 매끈하지는 않을 걸세, 허허허."

박은 가구 주문자 앞에서 너스레를 떨었다. 주문자는 가구를 살살이 살피며 목재로 쓰인 나무 이름들을 물었다. 목재는 모두 박의 제재소에서 갖고 왔다. 느티나무, 박달나무, 참나무, 은행나무까지 모두 귀하고 비싼 것들이었다. 장식장으로 짠 박달나무는 박의 제재소에도 없는 목재여서 여러 군데 연락을 취해 어렵게 구한 목재였다. 어서 새집에 들여놓고 싶네요. 집에 가구가 없으니 와야 할 사람이 오지 않은 것처럼 초조해요. 다탁, 장식장, 식탁, 화장대, 서랍장, 책상 등이 놓일 자리가 비었다면 주문자의 집은 헝클어진 퍼즐 판처럼 보일 것 같았다.

　박은 목재를 갖다 주러 올 때가 아니라도 이곳에 자주 찾아왔다.

　"노가다 하는 맛은 새참 먹는 재미 아닌가, 허허허."

　박은 엄지로 맥주 캔 따개를 철컥 밀어 올려 내게 건넸다. 박의 벌어진 윗니를 볼 때마다 장붓구멍을 한꺼번에 두 개씩 파내는 쌍장부끌 머리가 떠올랐다. 쌍장부끌의 두 날 사이로 목재 부스러기가 밀려나오듯 벌어진 박의 두 윗니 사이로 톱밥 가루 같은 웃음이 나왔다. 화장대 다리의 휘어진 곡선을 잘 자르려면 직소의 톱날에 신경을 곤두세워야 했다. 그럴 때는 박의 말이 귀에 들어오지 않았다. 직소의 앙칼진 쇠 날 소리는 박의 말을 댕강 잘라냈다. 직소 날이 지나간 목재에서 톱밥 가루가 날렸다. 박은 예전 나와 함께 목공소에서 일했던 시절이나 제재소 이야기들을 들려주었다. 목공소에서 늦게까지 일하다 목재 더미에 걸터앉아 박과 술을 마신 일, 자루에 톱밥을 담아 돼지 막사를 하는 사촌 형한테 실어다 준 일들이 아련하게 스쳤다. 기둥만 보면 목재로 보이고 쇠 날만 보면 연장으로 보이던 시절이었다. 하루빨리 목공 기술자가 되고 싶었던 때였다.

양지바른 산 중턱, 오후 두 시의 햇빛은 내 머리에 꼬물거리는 생각까지 꿰뚫을 것처럼 환하다. 오후 두 시의 햇빛은 아무것도 가릴 수 없는 진실의 시간인 것 같아. 감추고 싶어도 감출 수 없도록 모든 게 환하게 다 비치잖아. 수필을 배우러 다니면서 아내의 어법은 모호해졌다. '원가 세일'이라고 쓰인 커다란 한지가 창을 가렸지만 햇빛이 한지를 뚫고 들어와 매장 안을 후텁지근하게 데웠다. 그때 아내의 주머니에서 핸드폰 진동이 오는 소리가 들렸다. 아내 말대로 진실이 드러나는 시간이었다. 매장 뒷문으로 나간 아내는 한참 후에 돌아왔다. 손님 하나 들어오지 않는 오후 두 시이기도 했다.

서랍장 위판은 따끈하다. 경첩을 달았다. 희붐한 나무에 백동 경첩은 깨끗하다. 철물점 사내는 구릿빛 배목과 받침쇠를 꺼내 보였다. 흰 빛깔의 물푸레나무가 마르면서 색이 변할 것을 감안한 나는 한사코 백동 장식을 집었다. 끌로 배목의 구멍을 뚫는다. 받침쇠를 받쳐 펜치로 구부린 배목을 망치로 몇 번 친 뒤 문을 여닫고 몇 발 물러선다.

우편배달부가 창 안을 힐끗 보며 뜰을 지나간다. 뜰 안쪽의 벚나무 둥지에 매달린 새집은 영란의 우편함이다. 끌을 놓고 담배를 피워 문다. 배달부는 어느새 오토바이를 타고 뜰을 빠져 나간다. 처음 내가 배달부를 봤을 때 배달부는 영란에게 온 우편물을 돌확에 넣으며 이 여자가 여기 떠난 지가 언젠데, 하고 혼잣말을 했다. 이 여자 알아요? 하며 우편물에 쓰인 이름에 손가락을 짚었다. 나는 고개를 저었다. '아드반' 주인의 내연녀였던 영란에 관해서는 철물점 사내에게 가끔 들었지만 안다고 할 수는 없었다. 얼마 지나 배달부는 나에게 이곳의 새 주인이냐고 물었다. 나는 새 주인의 친구라고 했다. 그는 쌓여 있는 목재와 널브러진 연장을 보고 이곳은 목공소로 바뀌느냐고 물었다. 나는 그것까지는 잘 모른다고 대답했다.

영란은 이곳에 대여섯 번 다녀갔다. 우편물을 가지러 왔다가 내가 작업하는 옆에서 몇 시간씩 어슬렁거리다 가곤 했다. 아드반은 인도 말인데 구도자라는 뜻이래요, 구도자. 찻집 이름 치고 좀 그렇죠? 돈을 떼이지 않았다면 내가 이곳을 사서 계속 찻집을 했을 거예요. 나는 영란의 말을 듣기만 했다. 말대답을 하지 않으면 영란이 나갈 줄 알았다. 영란은 주방을 뒤져 커피를 끓여 작업대에 올려 주면서 계속 중얼거렸다. 이곳에서 손님들한테 찻물을 끓여 내고 한가할 때는 그 사람과 뒷산을 걸었어요. 빈털터리가 된 나를 그 사람이 이곳으로 데리고 와 주었는데…… 탕탕탕. 끌 갱기에 망치 때리는 소리 사이로 영란의 주절거림은 이어졌다. 저 나무 등치를 바지랑대로 삼아 줄을 치고 빨래를 널었어요. 나는 빨래라는 일상어를 참 오랜만에 들었다.

새집에는 우편물이 제법 쌓였다. 죽은 '아드반'의 주인에게 온 골프회원 정보지와 영란에게 온 휴대전화 요금청구서가 맨 위에 있다. 새집을 만들어 달기 전에는 돌확에 담긴 우편물이 바람에 날려 연못에 빠지거나 뜰 여기저기 굴러다녔다. 내게 주소가 생길 때까지 이곳에서 우편물을 받아야 해요. 영란은 연못에서 건진 우편물을 목재 위에 펼쳐 놓고 자투리 목재와 못과 망치를 들고 바닥에 쪼그려 앉았다. 우편함을 만들어야겠어요. 퉁! 못은 저만치 튕겨 나갔다. 나는 대패질을 멈추고 영란의 손에서 못과 망치를 받아 들었다. 영란이 만진 판재에는 우그러져 박힌 못이 여러 개 있었다. 나는 휘어진 못을 노루발장도리에 끼워 뽑아냈다. 뽑아낸 못 자리에는 검은 구멍이 생겼다. 버릴 목재라도 목재에 박힌 못을 다 뽑아냈다. 바닥에 깔린 각목이나 판재에 못이 박혀 있는 줄 모르고 밟아 발바닥이 욱신거렸던 적이 얼마나 많았던가. 알량한 쇠침 하나가 며칠을 절룩이게 했다. 나는 편편한 자투리를 골라 넓은 맞배지붕을 한 새집을 만들어 영란에게 주었다. 새가 제집인 줄 알고 날아들어 올 것 같아요. 새집을 치켜든 영란은 아이처럼 좋아했다.

"못 함부로 치는 것 아닙니다."

나는 새집을 벚나무 둥치에 매달아 주면서 낮게 말했다. 나의 집은 목공소 골방이었다. 박은 신방을 목공소 골방에서 차린다고 나를 나무랐다. 대부분의 여자들은 가구가 잘 갖추어진 좋은 집에서 살고 싶어 한다고 일러 주었다. 마련해 둔 아파트와 목공소는 한참 떨어져 있어 목공소를 신방으로 차리자고 한 사람은 아내였다. 일꾼들이 몇 명 있어도 대팻밥과 톱밥을 쓸어 내는 일과 사포질 등을 아내가 거들지 않으면 안 될 만큼 바빴다. 아이가 생기면 살림집을 따로 이사하기로 했건만 약속을 지킬 시간이 없었다. 아들이 학교 갈 때쯤이면 어떤 일을 제치고라도 학교 가까운 곳에 살림집을 마련해야겠다고 다짐했다.

내가 작업하는 걸 구경하는 사람은 영란뿐만이 아니었다. 산을 오르내리는 사람 중 유리문에 얼굴을 바짝 대고 실내를 빤히 쳐다보는 사람도 있었다. 그중에는 문을 밀고 들어 와 이곳이 찻집이었던 때를 들먹이거나 가구를 주문해도 되느냐고 묻는 사람도 있었다. 아내가 그랬듯이, 영란이 그랬듯이 여자들은 가구 만드는 걸 구경하고 싶어 했다. 한참 구경하고 나서 가구를 갖고 싶다고 했다. 여자들은 빈 곳만 보면 가구를 놓고 싶어 했다. 그녀들은 갖고 싶은 가구가 보이면 멀쩡한 가구를 들어 내고 새로운 가구를 들여놓았다. 가구의 쓰임새를 생각하기보다 그 가구와 공유할 사람이나 물건을 생각했다. 그런 다음 가구 앞에서 야금야금 환상을 키우는 것 같았다.

아내에게 짜 주었던 서랍장은 그대로 혼수품이 되었다. 아내는 산을 오르내리면서 목공소 안을 자주 기웃거렸다. 산 어귀에 목공소를 차리자마자 주문 백골을 짜기 바빴던 서른 무렵이었다. 가끔 아내의 손에 망개 열매 줄기나 억새 다발이 들려 있을 때도 있었다. 아내가 두고 간 망개와 억새는 목재 더미 위에서 며칠을 계속 말라 갔다. 억새 비늘이 떨어져 톱밥 가루에 쌓였다. 아내를 기다리던 내 마음은 마른 억새 줄기 같았다. 억새처럼 역광을 받아 한없이 반짝일 아내의 모습이 머릿속에 떠올랐다. 어느 날 나타난 아내는 서랍장을 주문해도 되냐고 물었다. 내가 짠 백골은 공예장이나 칠기장에 대 주기도 바빴다. 개인한테 주문까지 받을 틈은 없었다. 그러나 나는 말쑥하게 켜낸 미송으로 아내에게 서랍장을 짜 주었다. 손깍지를 꽉 낀 모양의 장부사개맞춤의 단단한 짜 맞춤으로 테두리를 쳤다. 그 무렵 아내한테 청혼을 했다. 가진 것이라곤 목공 연장뿐이라며 어설프게 마음을 전했다. 결혼 후 아내는 서랍장에 반달 모양의 거울을 올려놓고 화장대로도 썼다.

함석류. 아내 이름이다. 속을 파헤치는 데 칼이 필요 없는 유일한 과일은 석류다. 석류는 때가 되면 제 스스로 갈라질 줄 알기에 사과나 배처럼 칼을 맞지 않는다. 아내는 석류답게 제 속을 스스로 열었다. 석류답게 속을 드러내고서도 투명함으로 속을 싸고 있었다. 탱글탱글하게 여문 알맹이들은 끌 날로 찍어 터뜨려 버리기 좋았다. 아내는 추궁도 의심도 할 기회마저 주지 않고 놓아 달라는 말과 미안하다는 말만 했다. 빚 독촉과 생활고에 허덕이게 한 것, 일터를 따라 지방을 다니느라 아내 곁에 있어 주지 못한 것, 어두컴컴한 반지하나 골방 신세만 지게 한 것, 나는 아내를 잡을 언턱거리가 없었다. 그러나 아내에게 품었던 고마움과 미안함은 내 분노와는 결코 맞먹지 못했다. 아내의 남자는 수필 쓰는 사람이라 했다. 수필 쓰는 사람, 그 소리가 내 귀에는 숫돌 가는 사람으로 들렸다.

무언가가 명치에 걸려 삭여지지 않을 때면 작업 순서를 어기면서 대패 자루를 잡았다. 대패 자루에 힘을 넣어 나무를 한 켜 한 켜 벗겨 냈다. 당신한테 나무뿌리 냄새가 나, 하고 내 품을 파고들던 아내의 목소리를 걷어내듯 목재를 벗겼다. 아내와의 기억들을 도려내는 데 대패는 감칠났다. 널브러진 연장들을 하나씩 하나씩 만져 보았다. 톱, 망치, 끌, 도끼, 송곳, 대패 등 연장들은 하나같이 쇠 날에 나무 자루가 달려 있었다. 나무 자루만 없다면 연장들은 그대로 흉기였다.

배달부의 오토바이는 숲에 가려 보였다 말았다 한다. 찾아가야 할 주소를 정확히 쥐고 떠나는 배달부의 뒷모습에는 조금의 주춤거림도 없다. 나도 배달부의 나이쯤이었던 서른 중반에는 이사할 시간이 없을 만큼 바빴다. 밤새 사포질을 해서 백골을 완성하던 때였다. 서른 후반부터는 가구업계에 불어닥친 회오리를 수습하느라 바빴다. 그 회오리는 마흔 중반인 지금까지도 끝나지 않았다. 값싼 수입 가구가 들어오던 때와 맞물려 새로 짓는 아파트마다 붙박이 가구를 짜 넣었다. 가구는 신발 사듯 쉽게 사고 헌신 버리듯 훌쩍 버리는 품목이 되고 말았다. 사람들은 새 가구를 사는 것보다 헌 가구를 처분하는 일부터 걱정하기 시작했다. 백골을 짰던 내 손은 한가해졌다.

일찍 제재소에 발을 들여놓은 박의 처세가 남달라 보였다. 나와 같은 공고를 졸업한 동기생 박은 기계공구 가게의 점원을 했다. 공구에서 나는 쇳내와 공구가게 골목에 풍기는 기름 냄새가 싫다던 박을 내가 목공소로 이끌었다. 나는 공고를 졸업하자마자 목공소에 발을 들여놓았기 때문에 박이 아교풀을 녹이거나 대팻밥과 톱밥을 난로에 던져 넣을 무렵, 나는 톱질과 대패질은 물론이고 끌로 촉과 홈을 따내고 있었다. 목공소 일꾼들이 내게 기술을 빨리 익힌다는 소리를 하던 때였다.

연못 안의 분수대에는 부레가 엉켜 있다. 연못의 물비린내를 없애려고 모터를 끼워도 인공 분수대는 작동이 되지 않았다. 돌틈의 창포 잎이 누렇다. 창포는 초가을까지 폈다 졌다 했다. 돌에 담배를 비벼 끈다. 창포 꽃잎은 어깨까지 늘어뜨린 아내의 웨이브 머리카락 같다. 아들이 초등학교 고학년이 되고부터 아내는 버스와 지하철을 몇 번 갈아타면서 백화점 문화센터에 수필을 배우러 다녔다. 아내가 목공소 마당에 세워둔 장롱백골을 그늘 삼아 앉아 책을 읽는 모습과 미니 옷장 앞에 엎드려 무언가를 끼적이던 모습들이 그때서야 뇌리에 되살아났다. 아내는 수필을 배우러 갈 때 묶었던 머리를 풀어헤치고 숄더백을 멨다. 그 모습은 아내와 썩 어울렸다. 나는 돌길을 내려가는 아내의 뒷모습이 보이지 않을 때까지 내려다보았다. 뾰족구두가 산길을 디디는데 좀 위험해 보였기 때문이었다. 아내가 풀썩거려야만 나는 아내 주위를 돌아보았다.

박은 싱크대나 신발장을 짜 주는 작업장을 차리는 게 실속 있는 사업이라 내게 귀띔을 해 주었다. 아파트 리모델링이 한 창일 때 싱크대와 신발장은 괜찮은 일거리이긴 했다. 사포장 이, 백골장이, 칠장이들 중에도 그쪽으로 발 빠르게 방향을 트 는 이들이 있었다. 그러나 나는 이미 전통공예 가구 매장 상가 에 원목공예장을 얻어 놓은 상태였다. 목공예 가구도 팔고 원 목 가구를 주문도 받는 일을 겸하고 싶었다. 매장에 들어온 사 람들은 내 가구가 비싸다고 했다. 유명 브랜드 가구를 사는 게 낫겠다며 발길을 돌렸다. 브랜드가 없는 원목 가구가 유명 브 랜드의 티크 가구에 밀리는 것은 질보다 메이커를 따지는 세상 에서 어쩔 수 없는 상황이라며 박이 말했다. 내놓은 매장은 보 러 오는 사람조차 없었다.

아내한테 매장을 맡기고 나는 일터를 찾아 나섰다. 월세라도 벌어야 했다. 건물 철거작업에 끼어 들무새로 일하던 중 내가 아는 백골장이한테 아파트 공사건에 합류하자는 제의가 들어 왔다. 아파트는 지방에 있었다. 긴 공사였다. 우리는 붙박이 가 구 팀에 소속되었다. 지방의 숙소에서 나는 아내의 전화를 받았 다. 아내는 매장을 처분하고 남은 돈을 고스란히 내 통장으로 다 넣었다고 했다. 아들이 사춘기에 접어들 시기가 되었으니 잘 챙기라는 말까지 했다. 미안해요. 뜬금없는 존댓말이었다. 아내 가 정말로 내 안에서 완전히 빠져나간 것 같았다. '우리 매장에 좋은 목재로 만든 가구가 꽉 찼는데 나는 늘 가구가 고프다'라 고 쓰여 있는 컴퓨터 화면에 뜬 아내의 글에서 어떤 징조를 읽었다. 어서 수필가로 등단하고 싶은 아내의 마음을 몰랐던 것은 아니지만 말을 꼰다고 좋은 글이 아니라는 것쯤은 나도 알았다. 그것은 아내의 어법은 아니었다. 아내의 어법은 단도직입이었다. 나는 수필은 잘 몰라도 아내를 수필보다는 많이 알았다. 아내는 어디선가 자꾸 때를 묻혀 오고 있었다.

실내는 후끈하다. 밖은 으슬으슬했다. 차가운 산 공기는 벌써 초겨울 날씨 같다. 서랍장 위판의 거스러미는 끌 날이 빗나가면서 생긴 것이다. 생나무에서 생기는 금은 어쩔 수 없었다. 아내는 바람과 햇빛이 만들어 낸 생나무의 금은 완벽한 무늬라고 표현했다. 아내가 글의 소재로 연장이나 나무를 삼으니 목공소 전체가 그럴싸해 보였다. 수필 선생님이 내 글은 티는 묻지 않았는데 끌질이 많이 필요하대. 아내는 선생한테 평을 받은 글을 내 옆에서 읽어 주었다. 나는 작동하던 직소를 멈추고 아내의 목소리에 귀 기울였다. 글을 듣는 동안 아내에게 미안한 마음이 들었다. 햇빛이 가득 들어오는 창가에 넓은 책상이 놓인 아내만의 서재를 꾸려 주지 못해 미안했다.

왼손잡이시네요. 장식장 장부맞춤을 튼튼하게 하기 위해 산지못 끼울 자리에 홈을 파는 모습을 유심히 보던 영란이 말했다. 끌 자루를 쥐고 끌 끝을 목재에 찍는 오른손이 엷게 떨리던 순간이었다. 왼손은 망치를 잡아야 했다. 망치를 잡은 왼손과 끌을 잡은 오른손의 힘 조절이 어려웠다. 나는 왼손잡이는 아니다. 섬세함과 힘이 필요한 일은 오른손으로 할 수 없다. 신경이

죽은 엄지와 검지는 숟가락도 겨우 걸친다. 목공일의 절반은 연장 다루는 솜씨라는 선배들의 말을 뼈저리게 실감했다. 스크롤 톱으로 목재를 자르다가 톱날에 오른손이 스쳤다. 살갗이 헤벌어져 뼈가 보일락 말락 했다. 날이 촘촘하고 예리한 전기톱은 어떤 연장보다 조심한다고 했는데 사고는 순식간에 일어났다. 보호대를 끼지 않아 톱밥이 눈에 튀어 안질이 뻑뻑하고 따가웠지만 피가 흐르는 손가락부터 얼싸매야 했다.

스크롤 톱뿐만 아니었다. 쌓아 둔 목재가 떨어지는 바람에 어깨에 타박상을 입은 것부터 크고 작은 사고는 잦았다. 코드를 꽂은 채 그라인더 쇠 날을 갈다가 스위치를 건드려 쇠 날이 그르렁거리며 허벅지에 달라붙어 살점이 찢겼다. 땀을 닦으려다 들고 있던 기역자 쇠자로 이마를 쳐 이마가 찢어졌던 일, 초보 시절에 망치로 손을 내리쳤던 일, 끌로 손바닥을 찢은 것은 흔하디흔한 사고였다. 모두 내 손에 익은 연장들이었다. 손에 익은 연장들이 나에게 상처를 주었다.

다탁처럼 작고 조용한 아내를 꼬드겨 낸 것은 수필이라고 판단했다. 수필을 핑계로 바깥을 돌고 싶어 한 사람은 아내였으리라 단정 지었다. 아내는 책에 골몰해 있다가 가끔 저녁 지을 때를 놓치기도 했다. 그럴 때마다 나는 아내에게 막막한 거리감이 느껴졌다. 아내가 만나야 할 사람은 목공인 내가 아니라 함께 글 이야기를 진지하게 나눌 수 있는 사람이라야 했을 것 같았다. 나무를 어루만지며 묵묵하게 연장을 만지는 내가 좋았다는 아내의 말이 거짓말 같았다. 장롱 백골을 짜서 세워 놓고 바라보며 집 한 채 지은 듯이 뿌듯해 했던 것이 내 객기가 아니었던가 하는 회의마저 일었다. 분노인지 체념인지 모를 것이 아교처럼 녹았다 굳었다 반복하며 내 속에 진득거렸다.

아내와 아내의 남자가 어느 등꽃 아래나 강변에 앉아 있는 모습들이 상상됐다. 그런 상상이 뻗치면 잠을 뒤척였다. 감쪽같이 해치우는 데는 평끌 한 자루면 충분했다. 끌은 나무만 깎작대려고 생긴 것은 아니었다. 끌 본래의 쓰임새는 분명 따로 있었던 것 같았다. 연장 가방을 끌어 엎어 쇠 날을 모두 집어 들었다. 묵중하면서 날렵한 것은 끌 만한 것은 없었다. 쌍장부끌, 밀이끌, 평끌, 각진 것부터 골라 숫돌에 갈고 또 갈았다. 손이 붓도록 숫돌 앞에 앉아 있었다. 나는 숫돌에서 떨어져 나앉았다. 젖은 숫돌은 가슴팍이 움푹 꺼져 있었다. 축축하게 젖은 숫돌은 아귀처럼 나를 노려보았다. 내가 정작 갈았던 것은 끌이 아니라 숫돌이었다. 나는 갈았던 끌을 톱밥에 묻어 버렸다. 아내를 벌하는 가장 간단한 방법을 나는 잠시 잊고 있었다. 침묵이 가장 무서운 흉기라는 것을.

서랍장은 환하다. 덜 마른 목재 치고 서랍은 부드럽게 열고 닫힌다. 서랍장 문짝의 금간 것도 꽃문양을 덧새길 자리다. 가는 평끌을 곧추세운다. 끌 자루에 힘을 주었다 풀었다 하면 조각칼이 아니라도 가는 선을 그릴 수 있다. 연장 가방에 든 끌은 종류와 크기별로 다양하다. 평끌, 밀이끌, 훑이기끌, 둥근끌, 직각끌, 가는 평끌, 쌍장부끌 등이다. 좋은 연장을 보면 당장 필요하지 않아도 사 놓곤 했지만 좋은 끌은 더 탐을 냈다. 새 백골을 깎을 때면 판재를 자르기도 전에 끌부터 숫돌에 갈아 놓아야 일손이 잡혔다.

아파트 공사는 거의 열 달가량 걸렸다. 어디를 돌아다녔는지 모르게 나는 몇 달을 돌아다녔다. 잊고 있었던 동료들을 찾아보기도 했다. 내 핸드폰에 자주 걸려 오는 지방의 지역번호대로 트럭을 몰고 몇 번이나 돌기도 했다. 내 촉각을 곤두세우는 소리 없는 침입자가 누구인지 궁금했다. 도시 전체는 군데군데 호수였다. 모든 여자들이 아내같이 보였고 모든 남자들이 아내의 남자같이 보였다. 떠돌다 발길이 닿은 곳은 동생 집이었다. 아들 얼굴은 막 켜낸 판재처럼 까칠했다. 아들 책상 위에 놓인 '중2 수학'이라는 표지를 못 봤다면 나는 아들이 몇 학년인지 물을 뻔했다. 나무도 한창 물이 오를 봄과 여름에는 둥치를 건드리지 않았다. 도끼나 톱날이 지나간 나이테에 퍼런 곰팡이가 피기 때문이었다. 아들에게 많은 옹이를 박은 것 같았다. 동생 집에서 며칠 좀 푹 쉬라는 동생 부부의 말을 뿌리치고 나는 박을 찾았다.

박을 찾던 발걸음은 무거웠다. 좀 오랫동안 외면했던 박이었다. 박은 매일 본 듯 태연하게 나를 반겨 주었다. 제재소는 송진 냄새로 진을 쳤다. 일꾼들은 막 부려 놓은 통나무들을 쌓고 있었다. 제재소 마당을 찬찬히 둘러보았다. 마당에는 판재들이 우

물 정자로 차곡차곡 쌓여 있었다. 쟁여진 판재들은 박이 닦아
온 시간의 흔적처럼 단단하고 안정되어 보였다. 박은 더 이상
내게 제재소에서 함께 일하자는 말은 하지 않았다. 아파트 공
사를 가기 전에 박의 제재소에 오라는 제의를 끈질기게 받았지
만 나는 천천히 생각해 보겠다는 말만 했다. 자네한테 보여 줄
게 있네. 통나무 껍질을 벗기는 깎낫 질을 하는 내게 다가와 박
은 트럭에 나를 태웠다.

"어떤가, 이곳."

뜰에 쓰레기와 잡초가 뒤섞여 있던 '아드반'이었다. 산과 계
곡을 낀 전망이 트인 곳이었다.

"저기 바위 위에 물푸레나무 좀 봐, 싹 베어와 궤짝 짜서
팔까?"

나는 바위 아래의 계곡에서 물이 요동치는 걸 보고 있었다.
피서객으로 보이는 여자가 깊은 웅덩이에서 허우적거렸다. 여
자가 물에 잠겼다 솟아올랐다 하면서 튕겨내는 물보라가 허공
에 부서졌다. 한 사내가 바위 위에 여자를 건져 올렸다. 아내도
여자처럼 딱 죽음 직전의 까무러침과 죽음 직전의 허우적거림
만 맛보았으면 싶었다. 매미 소리와 계곡물 소리 때문에 우리
는 소리를 지르며 대화를 했다. 박이 바짓가랑이를 걷고 계곡
물에 들어가는 걸 보며 나는 눈길을 비탈에 두었다. 짙푸른 숲
이었다.

그날 이곳에서 박과 늦게까지 술을 마셨다. 나는 이곳에 며칠

묵고 싶다는 말을 했다.

"며칠만이 아니라 자네 있고 싶은 대로 있게. 나는 자네가 연장을 그렇게 오래 묵히는 게 답답하다구, 나나 자네나 나무 붙들고 살 팔자 아닌가."

박의 목소리는 실내에 울렸다. 희붐한 외등이 어둠 속에 떠 있었다. 외등 주위로 모기인지 하루살이인지 모를 벌레들이 우글우글 맴돌았다. 박은 창을 활짝 열었다. 파스처럼 시원한 바람이 불어 왔다. 멀리 국도를 달리는 차들의 불빛이 반짝거렸다. 술을 마시는 동안 박은 내가 이곳을 가꾸고 지키면서 목공일을 하기 바란다는 말을 여러 번 했다. 나는 팔뚝에 앉은 모기들을 철썩철썩 내리쳤을 뿐 아무 대답을 하지 않았다. 매제가 나에게 일손을 청하는 것을 거절할 변명거리도 없었거니와 아들 곁에 있을 겸해서 곧 인도네시아로 갈 예정이라는 말은 천천히 하려고 했다.

박은 이곳을 보자마자 나를 떠올렸다 한다. 나는 이곳을 보자마자 예전 내가 하던 목공소를 떠올렸다. 산길 모퉁이에 버려진 신발짝과 빈병 등이 흩어져 있고 폐타이어 구멍으로 엉겅퀴나 잡초들이 돋은 것, 그 주변으로 햇볕에 겨운 해바라기들이 고개를 떨어뜨리고 있는 것까지 예전 내가 하던 목공소 주변 모습 그대로였다. 비탈에 상수리나무와 오리나무가 우거진 것까지 내 목공소와 같았다. 산 어귀에서 업어 달라고 보채는 아들과 아들 앞으로 등을 내미는 아내가 없을 뿐, 영락없는 내 목공소가 있던 곳이었다. 목재와 합판이 쟁여진 곳에 신문지를 깔고 앉아 둘이 함께 막걸리를 마시던 일, 아내 손을 잡고 한밤에 암자를 올랐던 일, 백골을 트럭에 가득 싣고 아내를 옆에 태우고 배달을 갔던 일, 배달을 끝내고 돌아오면서 매화 축제가 유명한 지방으로 핸들을 꺾었던 일, 아내가 새참으로 내온 국수를 일꾼들과 둘러앉아 먹던 일 등 많은 기억이 떠올랐다. 이곳에 며칠 묵다 보면 내 속에 똬리를 튼 망념들이 헝클어질 것이라 믿었다. 아니 헝클어뜨리고 싶었다. 술을 마시는 내내 박이 아무 것도 묻지 않아 고마웠다.

핸드폰 전화벨이 울린다. 받으면 끊어 버리는 좀 전 그 지역 번호다. 요즘 이 전화는 자주 온다. 신호음이 한참 울린 뒤에 받았다. 아무 말하지 않고 수화기를 귀에 대고만 있어 본다. 저쪽도 아무 말하지 않는다. 공중전화기에 동전 떨어지는 소리가 난다. 저쪽에는 빵빵거리는 차 소리만 들린다. 전화를 끊고 끌을 잡는다.

서랍장 생채기를 화심으로 삼아 꽃을 갉작갉작 그린다. 가는 꽃문양이 새겨지는 자리마다 물비린내와 습한 흙냄새가 섞인 듯한 생나무 냄새가 난다. 나무 가루가 날린다. 끌 자루를 잡은 손에 느슨하게 힘을 풀어 포개진 꽃잎 안쪽 선을 다독이듯 민다. 자잘한 금을 꽃술로 삼아 가는 평끌 끝을 쓱싹쓱싹 그린다. 안쪽으로 오므린 꽃잎 부분을 지날 때 끌 자루에 힘을 살짝 뗀다. 내가 끌 자루에 매달린 것 같다. 몇 걸음 물러서서 서랍장을 본다. 생채기는 꽃으로 피어났다.

원목으로 짠 서랍장에 든 옷을 꺼내 입으면 나무 냄새가 나는지 영란이 물은 적 있다. 나는 모른다고 대답했다. 나는 가구를 갖추고 살아 보지 못했다. 벽에 못을 쳐서 옷걸이로 썼다. 네다리 접이 상은 밥상과 아들 책상으로 번갈아 가며 썼다. 이사하면 은행나무로 화장대를 짜고 소나무로 장식장을 만들어 거실 벽면을 채우고, 거실 복판에 참나무 다탁을 만들어 놓고, 물푸레나무로 서랍장을 만들고, 박달나무로 아들 책상과 아내의 책상을 짜 주겠다던 말은 결코 헛말이 아니었다. 마음만 먹으면 언제든지 할 수 있다는 생각은 못할 수도 있다는 뜻이라는 것을 그때는 몰랐다.

"제재소에서 제일 힘센 장정을 데리고 가서 가구를 다 놓고 나오는 길이네, 자네는?"

박의 전화 목소리는 늘 우렁차다. 모두 원목이라 둘이 들기에도 힘들었을 것이다. 가구는 자꾸 옮겨야 할 일이 생기지 않도록 처음 놓을 때 자리를 잘 잡아야 한다. 가구를 옮길 때 가구만 움직이는 게 아니다. 가구 주변 모두를 건드려야 한다. 가구를 들고 움직이다가 액자와 꽃병을 깨기도 하고 뒷걸음치다가 선풍기도 넘어뜨리고 문짝에 받치기도 한다. 가구를 옮기다가 심지어 제 발등을 찍기까지 한다. 거치적거리지 않을 장소에, 있는 듯 없는 듯 앉혀 놓고, 쓰는 둥 마는 둥 하며 손길을 뻗치는 것이 가구다. 있는 듯 없는 듯한 자리에 놓였어도 빠져나간 그 자리는 어떤 빈 공간보다 크고 넓다. 가구는 용적이 아니라 관계의 몸통이다. 언젠가는 비어질 그 자리를 먹먹함으로 바라볼 자신이 없다면 공간이 비었다고 함부로 가구를 들여놓으면 안 된다. 허전함이란 말은 아마 가구장이들이 가장 먼저 썼을 것이다.

"이왕이면 좀 빨리 이쪽으로 넘어오게, 옆에 장정이 술 고파 쩝쩝거리고 있네."

어차피 인도네시아는 오늘 당장 떠날 수 없다. 호수가 곳곳에 있던 그곳을 둘러보고 박의 제재소로 가려고 했다. 작업을 하던 중 멀리 국도를 내려다보다 쌩쌩 달리는 차들을 볼 때면 안달이 날 때가 있었다. 그럴 때면 대패 자루를 팽개치고 호수를 보러 갔다 왔다. 호수 위에 번쩍이는 햇빛이 서슬 푸른 끌날로만 보이던 예전과는 달랐다. 잠포록한 수면에 물새까지 눈에 들어왔다. 물새들이 수면 위로 사뿐거렸다. 아내가 그런 모습을 보면 어떻게 표현할지 궁금했다. 지금쯤 호수 주변의 가로수 이파리들이 많이 떨어져 있을 것 같다.

"거절하기도 힘드네. 가구 주문했던 사모님이 가구 주문자를 몇 사람한테 소개를 해도 되냐고 묻기에 일단 자네 시키는 대로 안 된다고는 했네만, 인도네시아 가면 아들 얼굴만 보고 다시 와야겠네. 자네 팬이 너무 많아, 허허허."

주문자의 소개뿐만 아니라 박은 얼마 전에 또 다른 가구 주문자를 자꾸 들먹였지만 나는 거절했다. 신명으로 우러나 연장을 풀어헤치고 나무를 얼싸안고 싶을 때가 언제인지 모르지만 좀 기다려 보라고 박에게 대답했다.

연장 가방을 조수석에 던지고 트럭 시동을 건다. 영란은 전화를 받지 않는다. 급한 우편물이 오면 연락을 해 달라며 영란이 남긴 전화번호가 있었다. 나는 저수지 가는 갈림길에 트럭을 세워 문자메시지를 작성한다. 물푸레나무로 서랍장을 만들어 놓았으니 짐이 되지 않는다면 가져가라고 썼다. 이곳의 열쇠는 철물점에 맡긴다는 내용도 덧붙인다. 영란이 또 다른 '아드반'을 찾아다닌다면 그녀의 '아드반'에 바지랑대로 삼을 나무둥치가 뜰에 있었으면 한다. 나도 종일 볕 드는 이곳이 좋았다.

트럭 바퀴와 돌이 맞물리는 소리가 빠그작빠그작 들린다. 박의 제재소로 먼저 갈 것인지 호숫가를 먼저 갈 것인지 국도를 달리면서 생각해 볼 것이다. 열어 놓은 차창 안으로 오리나무 가지가 쑥 밀고 들어온다.

부벽완월

부식은 우물 자락에 드리운 물앵두 가지를 잡아당겨 열매를 훑는다. 계속된 폭염 탓에 물앵두는 제철보다 이르게 영글었다. 느슨해진 행장을 새로 여미기 위해 솔숲 쪽으로 들지 않았다면 우물을 못 보고 지나쳤을 것이다. 우물가에는 떨어진 앵두로 여기저기 발긋발긋하다. 앵두나무 가지 사이로 얼핏얼핏 보이는 부벽루는 손 닿을 듯 가깝게 보인다. 을밀대에서도 굽어보는 맛이 있었는데 부벽루까지 다다른다면 서경 자락이 한눈에 훤히 들여다보일 터였다. 이곳이 언제 관군의 진압을 받았던가 싶게 한가롭다. 대동강을 오가는 나룻배와, 강어귀에서 빨래를 하는 아낙들의 모습과 엿판을 안고 어슬렁거리는 엿장수들의 모습은 그림 속 풍경 같다.

갈증과 허기를 달래기엔 앵두는 감질난다. 부식은 두레박줄을 둘둘 풀어 우물에 풍덩 빠뜨린다. 줄을 끌어당길 때마다 두레박에 넘쳐 우물에 떨어지는 물소리는 경쾌하다. 먼 곳에서 들려오는 물총새 소리 같다. 부식은 입안에서 굴리던 앵두 씨를 뱉고 두레박 물을 들이켠다. 물에서 이끼 냄새가 난다. 두레박 줄을 당기면서 우물 벽에 부딪쳐 이끼를 긁어 왔다. 두레박질은 쉽지 않았다. 물 한 바가지 길어 올리는 것도 요령이 따라야 한다는 것을 예전에는 몰랐다. 무딘 감각을 일깨우기 위해 한겨울 새벽에 우물물을 뒤집어썼다는 정지상의 말을 듣고 나서부터 우물과 우물가의 풍경들이 예사롭게 보이지 않았다. 아낙들이 모여 푸성귀를 헹구거나 빨래를 하는 모습과 대숲을 맴도는 잠자리도 모두 글감으로 보였다.

남바위를 훌렁 벗고 물을 덮어쓰고 싶다. 바짝 묶은 신들메도 풀렸고 바짓가랑이를 쥔 행전은 발목 위로 자꾸 당겨 올라 종아리와 허벅지에 쩍쩍 엉겨 붙었다. 적지에 홀로 남으려면 촌부 차림이어야 안전하다는 부하들의 말을 따르기 잘한 것 같다. 대동강 언저리를 돌 때도 부식을 알아보는 이는 없었다. 촌부 차림은 갑옷에 비한다면 깃털이다.

묘청의 난은 관군의 승리로 끝났다. 개경에 승전보를 띄웠지만 부식에겐 승리감이 차오르지 않는다. 서경 군사들은 끝까지 장렬했고 적장의 자결로 싸움은 끝났다. 부식은 어제 나루터까지 따라온 병사들을 한사코 돌려보냈다. 굳이 혼자 부벽루를 오르려는 까닭이 무엇이냐고 부하들은 안타깝게 물었다. 부벽루에 올라서서 대동강을 굽어보며 지상이 품었을 시적 감흥을 상상해 보고 싶다고 부하들에게 말할 필요는 없었다.

부벽완월이 서경 팔경 중 하나라지만 지상 없는 서경은 아무리 풍치가 빼어나도 부식에겐 절경이 되지 못했다. 지상은 서경 진압을 하러 오기 전부터 개경에서 부식의 손에 죽었다. 그러나 그는 서경 어딘가에 있을 것 같다. 서경 출신 중에 걸출한 인물이 많다고 하나 그 모두가 지상만 하지 않았다. 지상은 연광정이나 대동강변의 어느 주막을 서성거리거나 영명사를 돌며 시구라도 읊조릴 것만 같다. 서경에 머무는 동안 어느 때보다 지상의 환영에 붙들려 있었다.

임금은 난을 일으킨 주요 인물만 처치하라고 명했다. 부식이 왕명을 어기면서까지 지상을 죽인 것을 두고 그를 향한 시기심 때문이라는 말들이 떠돌았다. 변명하지 않았다. 그러나 시기심에 사로잡혀 지상을 죽였다는 말은 틀렸다. 나라를 더 혼란에 빠뜨리지 않으려면 부식이 그때 지상을 죽일 수밖에 없었다는 것을 잘 알고 있었으면서도 사람들은 흉흉하게 부식을 몰아갔다. 지상을 향했던 순정한 동경과 그를 품었던 절절한 마음을 욕되게 하지 않으려면 어떤 소문에도 의연해야 했다. 좀 더 일찍 지상을 처치했더라면 혼란한 정세가 빨리 수습되었을 것이란 말은 아무에게도 하지 못했다.

지상에게 질투심을 품지 않은 것은 아니었다. 아무리 애를 써도 지상의 경지에 닿지 못한다는 자각에 이를 때마다 그를 향한 질투심은 더욱 맹렬해졌다. 부식의 시구는 시원하게 나아가는 맛 없이 행간마다 머뭇거렸다. 그것은 조촐하면서 유려한 맛이 감도는 지상의 시구와 비할 바가 못 되었다. 시작부터 막혀 먹물 잔뜩 적신 붓을 그러쥐고 하염없이 창호지만 바라보기만 했던 적이 얼마나 많았던가. 며칠을 두문불출하고 시작에 매달린 적도 여러 번이었지만 변변한 시 한 편 자아내지 못했다. 붓을 내팽개치기엔 억울했으며 붓을 잡았다 하면 자신이 무척 한심하기만 했다. 눈을 감으면 지상의 초강초강한 얼굴만 떠올랐다. 그의 얼굴은 시구를 자아올리느라 핼쑥해졌으리라 여겼다.

지상의 '대동강'을 필사한다면 그의 정서에 가닿으려나 싶었다. 부식은 '대동강'을 수십 번씩 필사했다.

雨歇長堤草色多 비갠 긴 언덕에 봄빛은 푸른데
送君南浦動悲歌 남포로 임 보내는 구슬픈 마음
大同江水何時盡 대동강 물이야 언제 마르리
別淚年年添綠波 해마다 이별의 눈물을 보태는 것을.

같은 시를 계절을 바꿔 가면서 필사했다. 때마다 감흥이 달랐다. 송나라 사신들이 부벽루 판액에 적힌 정지상의 시 '대동강'을 가리켜 '너희 나라에도 이런 시인이 있었구나' 하며 탄성을 질렀다는 이야기가 시인 묵객들 입에 두고두고 오르내린 이유를 알 것 같았다. 모두들 지상의 재기발랄한 감수성을 치켜세울 때 부식은 지상을 부추기지 않았다. 지상의 반만이라도 시를 쓸 수 있다면 모든 것을 다 버릴 수도 있을 것 같았다. 지상을 부정하면서도 그에게 빠져들 수밖에 없는 것은 고통이었다. 지상의 경지에 닿지 못할 바엔 그를 끌어내려야 했다. 치졸했으나 질투심을 누그러뜨리려면 어쩔 수 없었다.

국자감의 쌍벽이라 하면 학문에서는 윤언이요, 문장에서는 부식이라고 일찌감치 한림들 사이에 소문이 돌았지만 지상을 빼고 문장을 논한다는 것은 호랑이 없는 산속에 토끼가 왕 노릇 하는 꼴이었다. 지상을 서열에서 뺀 것은 그를 따로 받드는 것만 같았다. 시 꽤나 쓴다는 풍류객들 중에서도 지상 시만큼 선경후정의 대구를 절묘하게 지어내는 이도 드물었다. 잠꼬대 같기도 하고 선문답 같기도 한 지상의 시는 만당(晩唐) 시인들의 시풍과 닮았으나 만당 시와는 분명히 달랐다. 자연을 묘사하는 감각적인 색채 언어의 구사력은 지상이 만당 시인들보다 몇 수 위로 보였다. 그러나 현실을 외면한 지상의 시는 옥에 티였다. 백성들의 세상살이를 외면한 시는 풍악일 뿐이지 시가 될 수 없노라 못 박았다. 선동적이지 않으면서 적확한 어휘로 백성들의 삶을 잘 그려 낸 당나라 백낙천의 시들을 들먹이며 지상의 심미주의적인 시작법에 조소를 머금었다. 부식은 그런 말을 듣고도 아무 대꾸도 하지 않는 지상에게 더욱 안달을 했다.

내로라하는 풍류객들의 시구들을 꼼꼼히 읽었다. 그러나 여러 시인들의 시를 뒤져 보아도 지상의 시구와 같거나 비슷한 구절들은 찾지 못했다. 지상을 글 도둑으로 몰 끄나풀을 찾으려 했지만 헛수고였다. 지상만큼 정한을 풋풋하게 살려 낸 시인이 드물다는 것만 발견했을 뿐이었다. 지상을 향한 질투심이 타오를 때마다 시궁창의 오물을 핥는 생쥐처럼 한없이 초라했다. 문풍지에 밴 달빛을 노려보며 어서 해가 밝기만을 기다렸다. 푸른 관복을 입고 조정으로 뚜벅뚜벅 걷는다면 시구쯤은 하찮게 여겨질 것 같았다. 시라는 망령에 빠져 미망에 흔들렸던 자신을 빨리 일깨워 주는 것은 푸른 관복일 터였다. 자신이 기필코 해야 하는 일은 백성들이 안위한 삶을 일구도록 힘쓰는 것이었다. 시를 쓴다손 치더라도 백성이 주인공이 되는 시어야 했다.

들판을 지나다가도 민가의 굴뚝에서 연기가 나야 마음이 놓였다. 곡기든 구근이든 풀죽이든 불에 익힐 식량이 있다면 마음이 가벼워졌다. 백성의 어려움을 드러내거나 사람들의 계몽을 부추기는 시구들은 용을 쓰지 않아도 줄줄 흘러나왔다. 누군가 부식의 시에 골샌님 냄새가 푹푹 난다는 말을 했지만 반박하지 않았다.

땅에서 끼쳐 오는 열기에 숨이 턱턱 막힌다. 부식은 오가는 사람들에게 길을 터 주기 위해 길섶으로 비켜선다. 흑립은 내리 쬐는 햇볕을 조금도 가려 주지 못한다. 시퍼런 억새 줄기 사이로 더운 기운이 훅훅 올라온다. 손은 핏물로 끈적끈적하다. 언덕을 내려오는 사람들에게 길을 터 주느라 길섶을 비켜서다가

미끄러졌다. 시퍼런 억새 줄기를 잡다 손이 베는 줄도 몰랐다. 손뿐만 아니라 억새에 쓸린 턱과 목도 따끔거린다.

부식은 왔던 길을 되돌아 굽어본다. 억새 덤불 사이로 사내들 등짝이 보였다 사라졌다 한다. 오르막길에 숨이 차오를 때마다 입에서 숙취가 난다. 서경을 진압한 기념으로 어젯밤에 벌인 자축연 때 술을 마셨다. 빈속이었지만 여느 때의 주량 두 배가량은 마셨을 것 같다. 전하! 서경을 완전히 토벌한 이 마당에 무엇이 두렵습니까, 흔쾌히 한 잔 들이켜십시오. 술잔을 들었다 놓았다 하는 부식에게 보좌관이 호기롭게 외쳤다.

적지에서의 마지막 밤을 취기로 보내고 싶지 않아 자제를 하려고 했다. 하지만 그 어느 때보다 취하고도 싶었다. 만감을 달래는 데는 술이 으뜸이었다. 술기가 돌수록 지상만 떠올랐다. 마음을 다해 지상을 따랐지만 그와 허심탄회한 술자리 한 번 갖지 못했다. 진정으로 그와 가깝게 지내고 싶었지만 늘 퇴짜만 맞은 것 같았다. 지상에게 퇴짜를 맞고 온 날이면 먹을 흠뻑 갈아 댔다.

황모필에 먹을 듬뿍 적셔 종이를 여며 잡으면 머리가 암담했다. 아무것도 떠오르지 않아 먹물 튄 수십 장의 고려지는 구겨진 채 온 방을 굴러다녔고 눈을 뜨면 창호에 여명이 스며들었다. 도포를 벗지 않고 책상에 엎드린 채였다. 며칠 밤을 황모필에 매달려 살다시피 했다. 지상의 시를 알기 전에는 결코 없던 일이었다. 돌림병을 앓는 이처럼, 횟배 앓는 이처럼 시를 앓았다.

　지상의 가르침을 받고 싶었다. 지상의 말을 무조건 따르리라 작정했다. 좋은 시를 쓸 수만 있다면 뭐든 할 마음이었다. 한 일 자 긋는 일부터 익혀야 한다고 해도 할 터였다. 염원은 간곡했다. 지상은 부식의 꿈에 나타나 한 수 가르쳐 주었다. 부식은 어느 화창한 봄날에 취해 두런 함련 첫 두 구절을 지어 지상에게 보였다. 柳色千絲綠(버들 빛은 천 가지가 푸르고) 桃花點萬紅(복사꽃은 만 점이 붉구나) 지상은 종이를 내치며 호통을 쳤다. '네가 버들잎이 천 가지인지 꽃이 만 점인지 다 헤아려 봤단 말이냐, 왜 柳色絲絲綠(버들 빛은 실실이 푸르고) 桃花點點紅(복사꽃은 점점이 붉구나)라고 하지 못하느냐'라며 재빠르게 한 글자씩 빼고 넣어 주었다. 글자 하나 바꿨을 뿐인데 바꾸기 전과 시의 분위기는 달랐다. 테두리를 벗어 버린 후련함이 깃들어 있었다. 버들가지 휘늘어지고 복사꽃 만발한 봄날의 풍경이 눈에 선하게 그려졌다. 부식은 잠자리에서 일어나자마자 허겁지겁 두 구절을 적어 두었다.

　꿈에서 얻은 두 구절에 덧붙여 오언절구를 완성해 지상에게 보였다.

　"차라리 경전을 쓰시지요."

　조롱이었다. 나머지 두 구절이 훈계조였다는 것을 비로소 깨달았다. 부식의 시구는 경전과 시문의 경계가 모호하다는 말은 시평 때마다 나왔던 말이었지만 지상에게 듣기는 처음이었다.

"경전이 시가 못 되는 이유라도 있는지 알고 싶습니다."

부식은 지상에게 받아 든 고려지를 돌돌 말며 공손하게 물었지만 그는 아무 대꾸가 없었다. 부식보다 열 살가량이나 적은 지상이었으나 그를 조금도 하대하지 않았다. 좌정언이라는 지상의 벼슬은 대제학 보문각에 몸담고 있던 부식의 벼슬에 비한다면 한참 낮은 자리였다.

지상이 홀어머니 밑에서 가난하게 자라 과거에 급제해 조정에 왔다는 걸 들먹이며 은근히 지상을 무시하려 드는 관료들도 있었다. 영웅은 고향이 없다고 했듯, 지상이 하늘에서 떨어졌거나 땅에서 솟았다고 해도 그것은 부식의 관심거리가 되지 못했다. 지상의 시에서 묻어나는 청신한 기운은 소박했던 그의 삶에서 우러났을 거라는 추측을 해 보기도 했다. 지상이 도포 자락을 젖히고 걸을 때면 학의 날갯짓처럼 보였다.

부식은 아낙의 치마에 닿지 않으려고 좁은 풀섶을 조심스레 걷는다. 아낙은 치맛자락을 여몄지만 풍성한 치맛자락은 바닥에 닿을락 말락 한다. 쪼그려 앉은 아낙은 앵초 무더기에서 가는 꽃줄기를 뽑아 올린다. 아낙의 손에는 알록달록한 꽃들이 뭉쳐 있다.

"메꽃이 흐벅지게 피었구나야!"

연분홍 꽃 넝쿨에 뛰어드는 아낙의 얼굴은 메꽃만큼 환하다. 여인네 몇 명도 덩달아 꽃 넝쿨로 몰려간다. 여인네들 손에는 메꽃, 은방울꽃, 산나리 등 들꽃이 들려 있다. 여름철이면 개경 들녘이나 뒷산에서도 흔히 피는 꽃들이다. 꽃이라면 부식의 집 울안을 메우던 능소화나 매화, 당국화와 창포 등의 이름만 알 았을 뿐, 들꽃은 모두가 그게 그것 같았다. 부식은 들꽃이나 새, 곤충처럼 뭇 야생들의 생명에 조예가 깊지 못했다. 곤충이나 새, 들꽃의 이름을 파고들기 시작한 것도 지상 때문이었다. 울 밖의 것을 야생이라 이름 붙이는 것도 지상의 말투였다. 뭇 야 생들의 자태에서 삼라만상을 생각한다는 지상의 말을 온전히 이해하지 못했지만 고개를 끄덕였다. 지상의 입에서 나온 말은 모두가 율조를 띤 것 같았다.

琳宮梵語罷 법당의 독경 소리 마치자
天色淨琉璃 하늘 빛 맑기가 유리 같구나.

언젠가 술자리에서 지상이 즉흥적으로 읊조린 구절이었다. 지상은 술자리에 오기 전에 어느 암자를 다녀오는 길인 듯했다. 지상의 손에 갖가지 들꽃이 들려 있었다. 낮술을 마셨는지 그의 음조는 취기에 젖어 있었다. 술에 취하면 지상이 불쑥불쑥 시를 읊곤 한다는 말이 헛소문만은 아니었다. 두련과 함련을 뺄고 지상은 입을 다물었다. 군더더기 없는 시구였다. 좌중의 모두는 지상의 목소리에 귀 기울였다. 그러나 지상은 입을 다문 채 눈 을 감고 있었다. 정적은 제법 오래갔다.

"남호! 그 두 구절 나한테 주시지요. 다음 구절은 내가 지어볼 것이오."

부식이 정적을 깨며 호기롭게 외쳤으나 지상은 입을 다물고 눈을 감고 있었다. 시구를 달라는 말이 너무 쉽게 튀어나와 부식 자신도 당황했다. 누군가 부식의 빈 잔에 술을 채우지 않았다면 어색한 침묵은 깨지지 않았을 것이다. 부식은 성급하게 술잔을 입에 털어 넣었다.

"두 구절 나한테 주시지요."

밀어붙이자는 심정이었다.

"글 동냥을 하는 이가 있다 하더니 헛말이 아닌가 보오, 허허허."

술상 끝에 앉은 윤언이었다. 그는 부식이 넘지 못할 숙명의 맞수였다. 학문의 깊이나 넓이가 부식을 넘는 이는 윤언이었다. 윤언이는 대각국사 의천의 비문을 쓰기로 했던 그의 아버지 윤관을 밀어낸 사람이 부식이라고 여기고 호시탐탐 부식에게 앙갚음할 기회를 엿보던 중이었다. 그도 도참사상과 풍수 사상에 심취해 있었기 때문에 지상의 역성을 드는 것이라 생각하면 그만이었다.

"평소 남호의 시를 애송하고 있었소. 그런데 방금 그 같은 영롱한 시는 또 다른 맛을 자아내는 것 같소이다. 두 구절 내가 가져다가 나머지 구절을 지어 남호에게 보이겠소이다."

부식의 어조는 더욱 간곡했다.

"그깟 하품 같은 소리가 시가 되기나 하겠소? 하품을 시라 하니 뇌천 취향이 참으로 독특하십니다, 하하하."

술잔을 잡은 그의 손에 풀물이 배어 있었다. 지상이 겸손한 것인지 만용을 부리는 것인지 알 수 없었지만 부식은 자신의 마음을 속이기는 싫었다.

"나는 방금 읊조린 남호의 시구가 진정으로 좋다고 했소. 그런데 남호가 나를 빈정거리는 것처럼 들리는 것은 무슨 까닭인지 모르겠소이다."

"허참! 제가 왜 뇌천을 빈정거린다고 생각하십니까?"

부식은 지상의 말에 대꾸할 말이 떠오르지 않았다. 생강절편을 문 어금니에 힘을 주었다. 지상은 문을 밀치고 나갔다. 지상의 도포 자락이 일으킨 바람에 호리병에 잠긴 초롱꽃잎이 살짝 흔들렸다. 관료들의 헛기침만 여기저기서 터져 나왔다. 부식도 지상을 따라 밖으로 나갔다. 관료들의 웃음이 뒤통수에 따라붙는 것 같았다. 지상은 오동나무 등치에 기대 먼 곳을 보고 있었다. 고개를 한쪽으로 기댔기 때문인지 지상이 쓴 갓이 삐뚜름해 보였다. 부식이 연못 앞으로 다가갈 즈음 지상이 입을 열었다.

"나는 내게 피안을 주려고 시를 쓰오. 뇌천께서도 뇌천 자신을 움직이는 시를 쓰시오. 세상 눈치를 보기 시작하면 이미 그건 시가 아니라 헛소리지요. 그리고 뇌천 정도 되시는 분이라면 시에 매달리지 않아도 재미있는 일 무척 많으실 텐데 무엇 때문에 애면글면 시에 매달리시는지 모르겠소."

연못가에 둘러 핀 창포 줄기는 햇볕에 겨워 시들했다. 못의 수면이 파르르 떨었다. 소금쟁이 몇 마리가 자맥질을 했다. 신명을 다했으나 무게를 싣지 않은 자맥질이었다. 백일홍 가지와 부식의 얼굴이 뒤섞여 연못에 어룽거렸다.

"송나라 소순의 아들들 말이오, 소식과 소철이라는. 그들의 시가 뛰어나다고는 하나 내 보기에는 그들의 시가 말방울의 요령 소리보다 나을 게 없소이다. 소식의 적벽부는 경(景)만 있지, 정(情)이 빠져 있소. 문물이 발전한다 해도 시는 갈수록 뒷걸음질 치는 것 같지 않소?"

지상은 기어코 소식과 소철을 들먹였다. 부식이란 이름도 소식이란 이름에서 땄고 동생 부철의 이름도 소철이란 이름에서 땄다. 송나라 사신 서긍이 부식의 형제에게 지어 준 이름이었다. 서긍은 부식을 해동 제일의 석학이라 치켜세우며 문장에 뛰어난 동생과 함께 송나라 최고의 문장가들 이름을 붙여 주었다. 당, 송을 통틀어 빼어난 문장가에 드는 소식과 소철의 이름을 하사받은 것은 가문의 영화였다. 지상은 소식과 소철을 폄하하는 것이 아니었다. 송나라 것을 취하고자 하는 부식을 비비 꼬았다.

지상의 관심거리는 오로지 고구려였다. 그는 고구려 도읍지인 서경에 도읍을 정하는 것만이 우리 민족이 번창할 것이라고 믿었다. 시 외의 이야기를 펼친다면 그건 분명 정론과 쟁론일 터였다. 서경과 이야기라면 실랑이하듯 입에 올릴 사안은 아니었다. 부식은 뒷짐을 지고 가만히 서 있었다. 귀를 기울이고 있었으나 지상은 다음 말을 잇지 않았다. 어디선가 뻐꾸기 소리만 들려왔다.

쇠뿔은 단김에 빼야 했다. 지상에게 마음을 활짝 열고 싶었다. 그 후 부식은 여러 번 지상을 찾아갔다. 지상을 스승으로 받들어 그에게 시를 배우고 싶다는 의지를 꼭 보이고 싶었다. 굴욕을 감내할 각오가 없었다면 삼고초려를 시도하지 않았을 터였다. 굴욕은 참을 수 있었으나 꿈쩍하지 않는 지상을 움직일 방도는 없었다. 지상은 시에 관한 이야기는커녕 좀체 부식에게 마음을 열지 않았다. 지상과 마주 앉아 찻잔만 들었다 놓았다 하며 그냥 돌아온 적도 있었다. 어쩌다 입을 열면 서경천도를 할 수밖에 없는 이야기를 흘렸다. 나라가 내우외환이 겹치는 것은 개경의 지덕이 쇠했기 때문이라는 말을 늘어놓았다. 부식은 궤변인지 야설인지 분간이 서지 않는 지상의 말들을 끝까지 들어 주었다. 한 수 배워 얻기는 무척 어려웠다.

마지막이라는 심정으로 지상을 찾았다. 지상의 서실은 들큼한 묵향으로 가득했다. 서실에서 시를 짓고 있는 지상의 모습은 처음 보았다. 서실 바닥은 말할 것도 없이 구석 모퉁이마다 먹물이 밴 고려지가 수북했다. 왜가리가 먹이를 낚아채는 그림한 폭이 구석에 밀려나 있었고 바닥에는 먹물에 젖은 붓이 내동댕이쳐져 있었다. 찻상을 마주 앉은 지상의 모습을 볼 때와는 사뭇 달랐다. 지상의 볼은 움푹 패었고 눈두덩도 푹 꺼져 있었다. 많은 습작지들이 바닥에 널브러져 있었다. 천재들은 어떤 대목에서 고심하는지 궁금했지만 물을 수는 없었다.

"한 수 배우고자 하오. 부디 내치지 말고 가르쳐 주시오. 두련을 쓸 때 인상적인 장면을 쓰는 게 중요한지 마음부터 드러내는 게 중요한지 몹시 답답합니다. 그것만이라도 좀 가르쳐 주시오. 그 은혜 평생 잊지 않을 것이오."

"시를 쓰는데 딱히 정해진 법이 없다는 것 정도는 뇌천도 충분히 아실 텐데요."

지상은 널브러진 종이들을 걷어 뭉치면서 중얼거렸다. 지상의 앙상한 목에 핏줄이 도드라졌다. 부식은 지상의 손에 들린 종이 뭉치들을 펼쳐 보고 싶었다. 근골이 메말라 가면서 지상이 부여잡고 매달린 시구들은 어떤 것인지 궁금해서 견딜 수 없었다. 종이 뭉치들은 천의무봉한 시구들을 움켜쥐고 있을 것 같았다.

"이것들을 좀 보아 주시오. 그리고 한 말씀만 듣고자 하오."

부식은 가져간 습작품 몇 개를 서실 바닥에 죽 펼쳤다.

"보잘 것 없고 많이 모자라는 나부랭이올시다. 부디 좀 보아 주시오."

부식은 펼친 종이를 지상 앞으로 밀어 올렸다. 지상은 종이를 받아 찬찬히 훑었다. 부식은 지상의 입과 눈만 바라보며 초조하게 기다렸다.

"버리는 것부터 할 줄 알아야 하오. 시는 붓으로 쓰는 게 아니

라 칼로 쓴다는 말은 그래서 생겨난 말이고요. 공들여 쓴 것이
라 하더라도 아니다 싶은 것을 베어 낼 줄 알아야 하지요."

"무엇을 베어 내야 하는 것인지요."

부식은 습작품을 지상에게 바싹 갖다 댔다.

"뇌천! 뇌천께서는 지금 그대로가 시인입니다. 꼭 종이에 먹
물을 찍어 내야 시인인 것은 아니지요."

지상의 목소리는 낮고 묵직했다.

"피안이라고 하셨소? 그런 세계가 어떤 것인지 나도 알고
싶소."

부식은 서상으로 자리를 옮기는 지상 쪽으로 다가갔다.

"허허허, 내가 피안이라는 말을 했던가요? 피안이라, 무슨 신
명에 그런 헛소리를 했나 모르겠소."

"가르쳐 주시오. 이토록 간청하오."

부식은 서상 모서리를 움켜쥐며 지상 앞에 바투 다가앉았다.
지상의 눈을 그토록 가까이서 바라보기는 처음이었다. 그의 눈
빛은 불구슬처럼 이글거렸다. 눈빛을 맞받아 내기가 버거워 부
식은 헛기침을 하면서 가부좌를 틀었다 풀었다 반복했다.

합각기둥을 받친 흘림기둥은 반질반질하다. 기둥을 어루만
지는 부식에게 아낙이 음식 추럼을 해 온다. 몇 번이나 사양해
도 아낙은 망개 잎에 싸인 절편과 깨강정을 펼쳐 놓는다. 가요
를 읊조리며 측간 모퉁이 누대에 걸터앉은 사내들은 누각 바닥

으로 둘러앉았다. 이쪽으로 향한 사내들의 얼굴이 달빛에 비친
다. 가무잡잡한 사내들의 얼굴은 조약돌처럼 단단해 보인다. 날
벌레들이 얼굴에 들러붙어 간질인다. 바람이 불 때마다 강에서
풍기는 물비린내가 물씬하다. 중년 사내 서너 명이 이쪽 돌계단
을 딛고 오른다. 밤이 깊을수록 사람들은 늘어난다. 사람들 대
부분이 영명사를 들렀다 오는 것 같다. 지상도 시상이 막힐 때
면 홀로 이곳 영명사를 찾는다고 했다. 영명사뿐만 아니라 지상
은 종종 여러 절을 찾아다닌 듯했다.

琳宮梵語罷 법당의 독경 소리 마치자
天色淨琉璃 하늘 빛 맑기가 유리 같구나.

　지상의 하품을 시로 만들어 세상에 내놓는 게 부식의 화두였
다. 나머지 두 구절, 경련과 미련을 채워 넣는 것은 쉽지 않았
다. 구절을 썼다 지웠다 했지만 지상의 두 구절을 뒷받침할 만
한 율조는 되어 주지 않았다. 겨우 완성했다 싶으면 지상의 두
구절과 어울리지 않았다. 마음에 드는 한 줄 시구를 찾으려고
비오는 산봉우리를 걸터듬었던 적이 한두 번이 아니었다. 장대
비를 맞으며 숲속을 헤매다 심한 고뿔에 걸려 보름을 몸져누웠
다. 고뿔이 나았다 싶으면 몸살이 다시 도졌고 몸살기가 가라
앉는다 싶으면 치아가 들쑤셨다. 입맛을 잃었고 잠이 줄었다.
　날이 갈수록 잠도 오지 않았다. 깊은 밤, 그동안 써 놓았던 시

구들을 끌어내 읽었다. 누가 볼세라 꼭꼭 숨겨 둔 습작품들이
었다. 모두 췌사였다. 꽃을 읊은 것도 아니고 백성의 삶을 읊은
것도 아닌 낙서 나부랭이에 불과한 것들뿐이었다. 부식을 미망
에 가둬 놓은 것은 나부랭이들, 그것들이었다. 종이 뭉치들을
둘둘 뭉쳐 뜰로 내려섰다. 불살랐다. 불길은 미망 쪼가리들을
날름날름 핥아 댔다. 어둠 속에서 솟구치는 불길은 펄럭펄럭 힘
찬 기운을 내뿜었다.

  아내와 하인들이 맨발로 마당을 뛰어나오지 않았다면 종이
뭉치들은 금세 잿더미가 되었을 터였다. 맨발로 불을 밟아 끄
는 하인들 옆에서 아내는 반쯤 타 버린 종이 쪼가리들을 차곡
차곡 챙기고 있었다. 그동안 부식과 함께 식음을 끊다시피 했던
아내였다. 어둠 속에 웅크린 아내가 한 줌 잿더미로 보였다. 부
끄러웠다. 부끄러움이 봇물처럼 끓어올랐다. 서경파들이 서경
에 대화궁을 지어 놓고 인종을 불러들인다는 소리를 듣고도 부
식은 허깨비에게 붙들려 있었다. 초미를 다투는 나라 일에 손
놓고 있었다. 눈앞에 닥친 시급한 일이 지상을 처치하는 것이라
는 걸 알았으면서 미루고만 있었다.

  달은 중천에 있다. 가요를 부르는 사람들의 구성진 목소리가
언덕을 메운다. 메기고 받는 소리는 강물 소리처럼 어기차다.

유월 보름에 아! 벼랑 가에 버린 빗 같아라.

돌보실 임을 잠시라도 쫓아가겠습니다.

아으 동동다리

칠월 보름 백중에 아! 갖가지 음식을 벌여 두고

임과 함께 살고자 소원을 비나이다.

아으 동동 다리.

팔월 보름에 아! 한가윗날이라…….

　가요를 부르는 저들의 목청은 무구하다. 고려 도읍지가 서경
이든 개경이든 그 어디든, 세상을 떠들썩하게 했던 일에 관심도
없는 것 같은 목소리들이다. 노랫말은 여울도 없이 졸졸 흐르
는 물 같다. 저 홀로 발아되어 꽃을 피운 가요처럼 지상의 시들
도 모두 제 흥에 겨운 시들이었다. 지상의 시 어디에도 세상과
엮이고 싶은 마음은 서려 있지 않았다. 그럼에도 불구하고 지상
은 세상의 한복판에서 쓰러지고 말았다. 부식은 딱 한 번 숙명
이란 말을 떠올렸다. 묘청의 난 반란 진압 총사령관이 하필이면
부식이었고 난의 핵심 인물이 지상이었다는 것은 숙명이란 말
외에 달리 무엇이라 표현할까 싶었다.
　서경 진압 총사령관의 임무가 떨어지자마자 지상을 덮쳤다.
지상이 세심정이란 찻집에 있다는 것을 알고 그곳으로 말을 몰
았다. 세심정은 만월대와 멀지 않았다. 서경을 토평하러 가야
지 왜 세심정을 향하느냐고 궁금해하던 부하들에게 일일이 대

답할 필요는 없었다. 다실 문을 박차고 들어갔다. 다탁 주위로 사내 여럿이 둘러앉아 있었다. 묘청의 제자인 김안과 백수한까지 그 자리에 있었다. 그들의 눈빛에서 짐작은 왔다. 모사를 꾸미고 있었던 게 분명했다. 지상은 서경에서 묘청이 먼저 반란을 일으키는 줄도 몰랐기에 그는 반란의 가담자는 아니었지만 서경파의 핵심이었다. 서경파의 핵심 인물들은 개경에 그대로 남아 있는데 서경에서 난을 벌이고 있는 묘청의 계획은 엉성하고 졸렬했다.

"이 무슨 행패요?"

지상이 장검을 짚고 있는 부식을 향해 소리를 질렀다.

"역모를 꾀해 조정을 어지럽힌 반란자를 처치하러 왔다."

"역모라니! 말씀 가려 하시오."

지상이 벌떡 일어나 부식 앞에 버텼다. 목소리는 우렁찼으나 걱실걱실했다. 얇은 눈꺼풀에 핏발 선 눈은 더욱 퀭해 보였다. 음모의 주모자다운 눈빛이었다. 시를 읊을 때의 매끄럽고 고졸한 소리와는 대조적이었다. 운을 자아올리려던 아련한 눈빛은 아니었다. 풀물에 젖은 손으로 술잔을 거머쥐던 풋풋한 향취는 온데간데없었다. 지상은 더 이상 시인이 아니었다. 위험한 모사꾼이었다. 지상이 이자겸의 사돈인 척준경을 탄핵시켰다는 사실이 새삼스럽게 떠올랐다. 조정은 자칫하면 지상의 손아귀에 놀아날 판이라던 대신들의 말들이 그냥 떠돈 게 아니었다. 반란자를 놓아주려 그를 찾았다니, 부식은 찬물을 동이째 뒤집어 쓴 듯 정신이 번쩍 들었다.

"너희들은 역모를 꾸며 나라를 어지럽힌 죄인들이다."

"당치 않은 말씀! 개경 문벌들의 꼴사나운 짓들을 더 이상 보고만 있을 수 없어 우리가 나서서 조정을 수습하려는 것뿐이오. 이자겸도 우리가 나서서 해결했다는 걸 그새 잊었단 말이오?"

지상은 한 치도 흔들리지 않았다. 지상을 놔두고 묘청 일파만 처치한다는 것은 뿌리는 두고 가지만 쳐 내는 꼴이었다.

"이 무슨 추태란 말이오, 김부식이란 이름이 아깝지 않소? 어서 이곳을 나가 주시오!"

"지금이라도 잘못을 깨닫고 용서를 빈다면 목숨만은 살려 주겠다."

"우리는 잘못한 거 하나도 없소이다! 그러니 당장 나가 달란 말이오!"

지상은 목에 핏대를 세웠다. 부식은 장검을 지상의 가슴에 겨누었다.

"지금도 늦지 않았다. 용서를 빈다면 목숨만은 살려 준다고 했느니라!"

"고작 이 따위 쇠꼬챙이를 휘두르려고 그토록 임금에게 빌붙어 온갖 권좌를 오갔던 게요? 썩 치우시오!"

지상은 눈을 치뜨고 부식을 노려보았다. 지상을 얼러 댈 시간이 더는 없었다.

세심정 먼발치에서부터 말채찍을 크게 휘두른 것은 지상이 도망갈 틈을 주기 위해서였다. 지상이 세심정 뒤란을 통해 사라져 버리기를 바랐다. 개경도 서경도 아닌 어느 먼 곳으로 달아나 기상을 마음껏 펼치는 시를 지으며 살길 바랐다. 초야에 묻혀 시를 갈고 살다 보면 그가 잠시 빠졌던 도참사상이 미혹이었음을 이내 깨달을 것이라 믿었다. 미혹을 건너온 지상의 시는 더욱 여물 터였다. 지상이 삼라만상을 울리는 대시인이 되기를 바라며 말고삐를 힘차게 세심정으로 당겼다. 그러나 때는 늦었다.

멀리서 말발굽 소리들이 요란하게 들려왔다. 묘청이 난동을 부리는 서경으로 달리는 관군들 함성은 더욱 크고 높았다. 조금도 지체할 시간은 없었다. 부식은 칼 손잡이에 힘을 주었다. 단칼이었다.

"허허허, 그동안 먹을 간 게 아니라 칼을 갈았구료, 어쩐지 칼잡이가 썩 어울린다 했지 허허허…… 내 죽어 음귀가 되어서라도……."

바닥에 쓰러진 지상의 몸은 잎이 다 떨어진 한 겨울의 나뭇가지처럼 앙상하고 단단했다. 부식은 지상의 눈을 감겼다. 손바닥에 전해지는 지상의 콧날은 높고도 서늘했다.

"비나이다, 비나이다. 달님께 비나이다."

누각 끄트머리에서 여인네들은 달을 향해 손을 비비고 머리를 조아린다. 허리끈을 질끈 묶은 치마는 강동하다. 여인네들의 모습 위로 달빛이 내리비친다. 월령가요를 부를 때의 느실난실한 자태는 간 곳 없다. 달을 향한 몸짓은 모두들 어엿하다. 휘영청 밝은 달이 무심하기만 하다. 병법을 구하느라 잠이 오지 않는 날이면 군막 밖을 나와 홀로 어둠을 서성거렸다. 달빛 아래서 병영일지를 끼적거리기도 했다. 괜한 감흥이 밀려올 때면 일지에 시구를 써 넣기도 했다. 지상이 남긴 두 구절에 두 구절을 지어 보내 오언절구도 완성시켜 두었다. 시구라도 좋았고 노래라도 좋았다.

琳宮梵語罷 법당의 독경소리 마치자
天色淨硫璃 하늘 빛 맑기가 유리 같구나.
獨坐消長日 홀로 앉아 긴긴 날 보내노라니
那堪苦憶友 벗 그리운 생각을 어찌 견디랴.

　두 구절은 힘들지 않게 채웠다. '그야 쓰는 사람 마음이지요.' 지상의 한 수는 그토록 쉬웠다. 작위를 금하고 생각을 옭아매지 말라는 뜻이라는 걸 너무 늦게 깨달아 버렸다.
　강변을 밝히던 호야불도 하나둘 사라지고 달빛에 젖은 강물은 희끗희끗하다. 엊그제까지만 해도 피로 물든 대동강이었다. 지상이 '대동강'을 쓸 무렵에는 서경은 평온했다. 개경도 평온했다. 나라 안은 모처럼 봄날이었다. 그런데도 지상은 봄을 노래하지 않았다. 지상이 일찍부터 만화방창의 덧없음을 깨닫지

않았다면 푸른 봄볕의 비 갠 언덕에서 임과 이별하는 장면을 빚
어내지 않았을 것이다. 제 시에 예언마저 바쳐 놓았을 줄이야.

　달이 중천에 다가갈수록 바람은 삽상하다. 바람이 소맷자락
안으로 스민다. 땀에 젖은 남바위는 밤바람에 절로 마를 것이
다. 잇새에 깨물고 잘근거리는 나뭇잎에서 알싸한 풋내가 감
돈다.

슬리퍼

K가 잘츠부르크 음악 축제 카탈로그를 또 펼치자 여자는 빈 커피 잔을 들고 주방으로 향했다. 그녀는 커피 잔을 개수대에 담고 물을 콸콸 튼 뒤 냉장고 과일 칸 서랍을 열었다. 음악 소리는 세차게 흐르는 물소리에 묻혀 간간이 들렸다. 비닐랩에 싸인 포도는 물크러져 손을 대니 흐물흐물했다. 복숭아를 두 개 꺼낸 뒤 여자는 냉장고 서랍 칸을 발로 닫았다. 복숭아는 깎을 것도 없었다. 껍질은 손으로도 줄줄 벗겨졌다. 사다 놓은 과일들은 잘 먹지 않아 냉장고에서 삭아 뭉그러지고 더러 곰팡이까지 피기도 하지만 여자는 마트에서 장을 볼 때면 과일 한두 가지 골라 담는 것은 빠뜨리지 않았다. 쇼핑 카트에 생필품이나 음식 재료들 외에 과일을 집어 담고 있다 보면 일상이 무난하게 흘러가는 듯했다.

과육을 떼 낼 때마다 과도가 복숭아 씨앗에 부딪치는 소리가 따각따각 났다. K가 갑자기 음악 소리를 움푹 줄이자 매미 소리는 더욱 또렷하게 들렸다. 지글대는 매미 소리는 어두워질 때까지 이어질 터였다. K가 음악 소리를 움푹 줄이는 것은 여자를 거실로 부르는 소리였다. 여자는 입안에 굴리던 복숭아씨를 싱크대에 훅 뱉고 과일 쟁반을 들었다.

과일 쟁반을 K 앞에 내려놓고 치마에 손을 닦았다. 물기 묻은 여자의 손은 뻣뻣했다. 방금까지 K는 잘츠부르크 축제의 백미는 마지막 날에 나온 마우리치오 폴리니였다는 것과, 이번이야말로 폴리니가 피아니스트로서 수명이 다했다는 항간의 소문을 일갈해 버릴 만한 연주였다는 것까지 말했다. 폴리니가 쇼팽 전문 연주가이듯 K는 브람스 전문 연주가가 되고 싶다는 말을 할 차례였다. K가 잘츠부르크 음악 축제를 다녀온 지 이십여 일이나 지났지만 그의 잘츠부르크 이야기는 멎을 줄 몰랐다.

스피커에서는 K가 연주한 브람스 피아노협주곡 2번 3악장이 흘러나왔다. 어제 K가 시향단원과 함께 연습한 것을 녹음한 음반이었다. 지휘자의 입장단이 첼로와 피아노가 주고받는 소리 사이로 띄엄띄엄 들렸다. 다른 악장과 달리 첼로가 피아노를 받쳐 주는 3악장은 협주곡이 아니라 첼로 소나타 같았다. 중얼거리는 듯한 첼로 음이 피아노 음을 잘 받쳐 주어 전아한 분위기가 감도는 악장이었다.

K는 복숭아를 집어 입에 넣고 오디오를 껐다. 자신의 연주가 마음에 들지 않는다는 말을 할 차례였다. 그는 여느 때보다 이

번 연주회는 자신 없다는 말을 며칠 전부터 했던 터였다. 그것은 K가 연주회를 앞뒀을 때마다 여자가 들었던 말이었다. 그는 포크로 복숭아를 푹푹 찌르며 인상을 썼다. 복숭아는 흐물흐물해서 포크에 잘 악물리지 않았다. 손에 묻은 과즙을 어떻게 할지 모르겠다는 뜻인지 K는 고개를 이리저리 돌렸다. 여자는 소파 옆에 있던 티슈 곽을 그에게 밀어 주었다.

"장미 향이 왜 나는 거야?"

그는 장미, 라는 단어에 힘을 주었다.

"복숭아에서 왜 장미 향 화장품 냄새가 나냐고!"

K는 티슈를 거칠게 뽑으며 고함을 질렀다. 부릅뜬 눈에 서린 핏발과 흐릿하게 잡히는 이마의 세 줄 주름은 조금 전까지의 표정과는 전혀 딴판이지만 여자에게 무척 익숙한 표정이었다.

"이런 페로몬으로 또 어떤 놈을 꼬셨어? 나 없는 지난 보름 동안 어디서 뭐했지? 다시 낱낱이 말해 봐, 어서!"

K의 완력에 여자는 바닥에 눌렸다. 그는 잘츠부르크에 머무는 동안 서너 시간 간격으로 전화를 했다는 것을 깡그리 잊은 듯했다. 40여 명의 학생들을 성악과 교수와 K 둘이서 인솔하려면 사사로운 일에 신경 쓸 수 없다고 했으면서도 K는 하루에 몇 번씩 여자에게 전화를 했다. 음대 교수들이 돌아가며 음악 캠프에 학생들을 인솔해야 하지만 K는 몇 년째 그것을 미뤄 오다 올해는 어쩔 수 없이 참가해야만 했다. 올해도 캠프가 연기될 줄 알았기에 그의 연주회 일정을 늦여름에 잡은 것이었다.

"어떤 놈이야 미라벨 정원에서 전화했을 때 어디서 뭘 했냐 말이야!"

미라벨 정원은 여자도 알았다. 영화 〈사운드 오브 뮤직〉의 도레미송 장면의 촬영지로 유명한 그곳은 여자가 음대 재학시절 학과 단체로 음악 캠프를 갔다가 거쳤던 곳이었다. 그 시간에 여자는 자고 있었다. 8시간의 시차를 가늠한다면 K가 전화를 했던 때는 현지 시간으로 오후 4시쯤이었을 터였다. 여자는 스마트폰을 무음으로 바꿔 놓고 다시 잠을 청했지만 한참 뒤척이다 다시 잠들었다.

"말해!"

여자의 악다문 입을 벌리는 K의 손은 젖은 원목처럼 차졌다. 버둥거리던 여자의 발에 시디 케이스가 닿았고 포크와 쟁반이 닿았다. 여자는 두 발에 힘을 가해 허리를 틀었다. K의 완력에서 벗어난 여자는 현관으로 달려갔다. 신발장 위에 둔 핸드백을 잡고 슬리퍼를 발에 꿰었다. 여자가 현관문 손잡이를 비틀 때 K는 메트로놈을 집어 들었다. 메트로놈이 현관문에 맞고 떨어질 때 여자는 현관 앞 계단을 밟고 내려섰다. 마치 안쪽 집에 들어갔다 나오는 택시가 있었다. 여자는 택시 뒷좌석 안쪽에 앉아 헝클어진 머리를 여미면서 슬리퍼 한 짝을 마저 신었다. 계단을 내려오면서 벗겨진 슬리퍼였다. K가 여자의 등을 향해 던진 슬리퍼는 택시 문 앞에 떨어졌다. 전진하던 택시를 후진시켜 주워 온 슬리퍼였다.

공사장을 지나자 택시는 속도를 내기 시작했다. 주변은 어느덧 전원주택 단지로 형성되고 있었다. 결혼하고 갓 이곳에 왔을 때는 산비탈 아래 빌라 두어 채만 달랑 있었다. 집을 스튜디오로 삼고 싶어 하던 K의 뜻에 따라 왔지만 여자도 이 동네가 싫지는 않았다. 한갓진 곳에 빌라 몇 채만 띄엄띄엄 있던 동네였지만 K와 함께라면 어디든 상관없었다. 거실 전체를 피아노실로 쓰려는 K의 뜻에 따라 집 안 전체의 벽에 방음장치를 했기 때문에 집을 짓는 기간은 제법 길었다.

여자는 목을 어루만졌다. 과즙에 젖은 K의 손이 목과 뺨 언저리에 끈적끈적하게 들러붙는 것 같았다. 여자는 K의 악력을 털듯 어깨를 움츠리고 부르르 떨었다. 손에서 장미 향과 복숭아 향이 뒤섞인 냄새가 났다. 여자는 비로소 핸드크림 바른 손 그대로 복숭아를 만졌다는 생각에 미쳤다.

장미 향이 나는 핸드크림은 K가 사다 준 것이었다. 그는 사계절 내내 여자의 손과 발이 뻣뻣하고 건조한 것을 안타깝게 여겼다. 크림을 손바닥에 듬뿍 짜서 여자의 손을 문지르고 비벼 주었다. 처음에 그 손길은 크림보다 부드러웠다. 이제 그의 손길은 올가미나 다를 바 없었다.

핸드폰에 진동이 왔다. 부재중 4통, 문자메시지 2통이 액정에 떴다. 모두 K에게서 온 것이었다. 여보, 정말 미안해. 내가 잘못했어. 좀 전엔 내 정신이 아니었어. 다시는 이런 일 없을 거야. 여자는 벌레를 털듯 문자메시지를 지워 버렸다.

목적지까지 오줌을 참을 수 없었다. 여자는 해안이 내려다보이는 숲 귀퉁이에서 택시를 세웠다. 왕복 2차선의 구불구불한 숲길 도로 양쪽 테두리는 옹벽과 가드레일이 쳐졌다. K가 잘츠부르크 음악 축제 카탈로그를 펼칠 때 화장실을 가기 위해 일어섰건만 여자는 저도 모르게 주방으로 갔다. 몇 마디만 더 들어주면 K는 제 일에 골몰할 것이기 때문이었다.

장미 향의 핸드크림이 꼬투리가 되었을 뿐, 핸드크림을 바르지 않았더라도 벌어질 것은 벌어졌을 것이었다. K에게 의처증을 유발시키는 것은 특정한 사물이나 말만이 아니라 그의 속에 똬리를 튼 질긴 늪이었다. 꼬투리를 잡았다 하면 거머리처럼 딸려 오는 늪의 정체는 무엇인지 알 수 없었다. 느닷없고 엉뚱한 데서 시작된 의처증은 꼬리에 꼬리를 물고 걷잡을 수 없는 상상의 세계로 그를 끌고 가는 것 같았다. 그리고 K는 악상을 더듬듯 섬세하고 치밀하게 야금야금 여자를 몰아갔다. K의 상상대로라면 여자의 상대는 다양했다. 조각가, 피아노 조율사, 여자의 대학 후배, 가스검침원, 시디가게 주인, 마트 주차 요원 등, 그 모두가 여자의 내연남이었다.

가드레일을 넘자 가시랭이와 고엽 더미가 따끔하고 축축하게 발에 닿았다. 여자는 소나무 둥치 앞에 쪼그려 앉았다. 오줌 줄기가 삭은 고엽 더미를 풀썩여 시큼한 이끼 냄새가 났다. 바람이 불 때마다 나뭇가지들이 휘청거렸다. 짙푸른 이파리 사이로 희끗희끗한 파도가 보였다. 원피스 민소매 겨드랑이 사이로 파고든 바람에 앞섶이 파르르 떨었다.

가드레일 너머의 비탈 숲은 보기보다 가팔랐다. 진창이 묻은 슬리퍼를 벗어 가드레일에 대고 탁탁 쳤다. 거무스름한 흙과 축축한 고엽 더미가 슬리퍼 밑창에서 떨어져 나왔다. 구멍이 숭숭 뚫린 발 걸개 양쪽 트임에 손가락을 끼워 밑창 뒤축을 바닥에 문질렀다. 바닥에는 고약 같은 껌이 밀려 나왔다. 여자는 가드레일에 걸터앉아 슬리퍼를 발에 꿰었다. 언제나처럼 슬리퍼의 말랑말랑한 촉감은 안정감을 주었다.

여자는 동네를 돌 때나 슈퍼마켓을 갈 때뿐만 아니라 레슨을 하러 갈 때도 슬리퍼를 신었다. 엄지발가락 옆 뼈가 낫처럼 휘어져 발등을 싸거나 발가락을 조이는 신발을 신었다 하면 엄지 발톱이 살을 파고들어 종기처럼 땡땡하게 붓곤 했다. 그럴 때면 슬리퍼도 신기 힘들었다. 부은 발가락이 어디에 슬쩍 닿기만 해도 통증은 온몸까지 전해지는 것 같았다. 병원에서는 그것을 외반무지증세라 했다.

저녁 모임 때라도 다를 것은 없었다. K의 모임은 주로 부부 동반이었다. 여자는 와인 잔을 받쳐 들고 테이블 사이를 돌았다. 누군가가 그녀의 발치께를 본다 싶으면 K는 그들 앞에 다가가 여자가 슬리퍼를 신을 수밖에 없는 이유를 빠르게 설명했다. 아, 외반무지증요. 얼마나 아프시겠어요? K의 설명을 들은 그들의 짧은 반응이었다. 미모가 받쳐 주니 어떤 차림이라도 잘 어울려요, 최고예요. 화성악 교수 부인이 여자의 차림을 쓰윽

훑으며 엄지를 치켜들었다. 그때 여자는 호피무늬 실크 원피스에 플립플롭을 신고 있었다. 플립플롭은 엄지와 검지 발가락에 고리를 거는 조리 스타일의 슬리퍼였다. 조리는 나뭇잎을 신은 듯 가벼웠다.

여기 와 앉아 봐. 어느 날 모임에서 돌아온 날 밤 K는 여자를 불러 앉혔다. K가 주머니에서 꺼낸 것은 게살을 파먹는 가위였다. 여자는 그가 썩 좋아하지도 않는 랍스타 요리 코너를 뱅뱅 돌았던 이유를 그때서야 알았다. 당신 속살에 파고든 발톱을 이걸로 끌어내 주지, 발을 내 봐. K는 소파에 앉아 있는 여자를 바닥으로 내려 앉혔다. K는 가위 끝 날을 여자의 엄지발가락 끝에 갖다 댔다. 여자는 평소 줄칼로 그곳을 후벼 팠던 터라 별도로 손을 볼 것은 없었다. 가위를 든 K의 손을 피해 발을 얼른 치맛자락 아래로 감추었다.

당신 발이 럭비공이지, 어디 발이야? 신는 신발에 따라 발모양이 만들어진다고. 당신 발은 전족이 필요해. 이런 걸 신다 보면 발도 이런 틀에 맞춰질 거야. K는 어느새 신발장 문을 열고 신들을 펼쳐 놓았다. 플랫폼 슈즈를 비롯해서 뮬까지 구두의 종류는 다양했다. 그 대부분은 K가 면세점을 들를 때마다 사다 나른 것들이었다. 새틴 장식이 된 연두색 하이힐부터 미드 힐 스트랩 슈즈, 윙클 피커즈, 메리제인 슈즈 등 굽 높이와 디자인이 다양했다. 여자는 그것들을 두어 번 신다 말고 신발장에 들여놓았다.

당신이 이 슬리퍼를 끌고 다니는 걸 보면 줄 풀린 개가 떠돌아다니는 것 같단 말이야. 슬리퍼 짝이 당신을 통째 너덜거리게 만들어. 저녁 모임에 나갈 때만이라도 이깟 고무 쪼가리를 신지 마. K는 현관에 흐트러져 있는 여자의 슬리퍼를 바닥에 탁탁 치며 중얼거렸다. K는 여자가 신을 무엇을 신든 상관하지 않았지만 그녀가 사람들 눈에 띄는 것은 싫었다. 여자가 호피무늬 원피스에 플립플롭을 신었던 날 성악과 교수가 여자에게 호랑나비 같다고 하는 바람에 여자는 K에게 좀 오랫동안 시달렸다. 성악과 교수는 여자의 대학 선배로서 대학 다닐 때부터 여자를 짝사랑했다는 소문은 알 만한 사람은 모두 알았다.

"진짜 맥주 딱 한 모금밖에 마시지 않았다니까요?"

벚나무 둥치 앞에 세워진 승용차에서 앙칼진 중년 여자의 목소리가 들렸다. 음주측정기를 든 경찰 옆에 선 또 한 명의 경찰은 무전기를 귀에 대고 있었다.

"아주머니는 지금 혈중 알코올 0.08로 음주운전을 하셨습니다. 운전면허증 좀 제시해 주시겠습니까?"

차 안에는 운전자를 포함해서 중년여자 넷이 타고 있었다. 운전자는 차에서 내려 허리에 손을 차고 경찰 앞에 다가섰다. 그녀의 몸집을 지탱하기엔 구두 굽은 너무 뾰족해 보였다. 저만치 패트롤 차 앞에도 경찰 두 명이 서 있었다.

이 숲길은 대낮에도 가끔 음주차량 단속을 했다. 횟집과 장어 집에서 나온 사람들 중에는 바닷가로 난 국도를 피해 숲길로 넘어 오는 이들이 더러 있었다. 작년에 숲길을 꺾어 돌던 운전자가 마주 오는 차와 가드레일을 들이받고 비탈로 굴러떨어진 사고가 있었다. 운전자는 만취 상태였고 조수석에 탄 내연녀와 함께 즉사했다는 뉴스가 보도되었다.

미친 새끼! 장어 먹은 힘은 이미 쏟았을 텐데 여자 앞이라고 또 폼이 잡고 싶었던 모양이지? 그런 데서 곡예운전을 하다니, 제 죽을 곳을 찾아 간 게지. 당신도 혹시 대낮에 저런 놈하고 어울리는 거 아냐? 뉴스를 보던 K 목소리는 갑자기 거칠어졌다. 조각가란 놈 말이야, 당신한테 레슨 받는다는 것 거짓말이지? 솔직히 말해 봐!

조각가는 여자가 바닷가를 서성이다 알게 된 K 또래의 사내였다. 몇 년 전부터 바닷가에 나와 모래 조각을 하곤 했다. 조각은 와상이었다. 어느 날 여자는 와상 주위를 둘러싼 사람들 틈에 한참 서 있었다. 와상은 바람에 날리는 치맛자락 아래에 슬리퍼를 신은 여인상이었다. 그것은 바람결에 흩날리는 웨이브 머리까지 그날 여자의 모습과 비슷했다. 조각가는 정수리로 넘어가는 웨이브에 검지로 살살 홈을 냈다. 그리고 발목 부분을 손으로 톡톡 두드린 뒤 슬리퍼를 꿴 발을 다듬었다. 조각가의 얼굴은 모래먼지에 덮여 부석부석했다. 그를 털면 사륵사륵 모래가 떨어질 것만 같았다.

가끔 바닷가에 거니는 당신을 보면서 바람을 조각하고 싶다는 생각이 들었지요. 여인상 조각과 멀찌감치 떨어져 여자는 다슬기 꽁무니를 쭉쭉 빨며 백사장에 앉아 있었다. 조각가가 캔 커피를 건네며 여자에게 말을 걸어왔다. 둘의 대화는 오랫동안 알고 지낸 듯 스스럼없었다. 그 뒤부터 둘은 커피를 마시거나 고동을 빨며 백사장을 서성이곤 했다. 매주 월, 수요일 오후 3시부터 90분 동안 여자에게 레슨을 받던 아이가 멀리 이사를 하는 바람에 조각가는 여자에게 레슨을 받을 기회를 얻을 수 있었다. 그의 연주 실력은 파퓰러 명곡 정도는 무난히 칠 만한 수준이었다.

그의 집은 마린타워 꼭대기 층이었다. 바다가 한눈에 확 들어왔다. 때로는 피아노 뚜껑은 열지도 않고 조각가와 이야기만 하고 돌아올 때도 있었다. 열린 창으로 들이치는 바람에 보면대의 악보가 피리릭 넘어갔다. 그러는 사이 드문드문 휴대전화 진동음이 끼어들었지만 신경 쓰지 않았다. K가 강의나 피아노 연습에 몰입할 때는 어떤 것에도 관심이 없듯 여자도 레슨 중에는 전화기를 핸드백에 팽개쳐 놓는다는 것을 K도 알았다. 그러나 그가 여자를 탐색하기 시작할 때는 이쪽 사정 따위는 염두에 두지 않았다.

어떤 놈이랑 함께 있었던 거야? 여자의 머리카락에 밴 담배 연기가 그날의 꼬투리였다. 조각가는 창을 활짝 열어 놓고 담배를 피웠지만 연기는 바람에 떠밀려 방에서 맴돌았다. 수강생? 그걸 나더러 믿으라고? 언제부터였어! K는 여자의 머리채를 잡을 기세였다. 그의 손아귀에서 벗어난 여자는 조각가에게 전화를 걸어 K를 바꾸어 주었다. K의 말투는 거칠었고 목소리는 높았다. 조각가는 남편이 피아니스트 K라고 말하자 반색을 하며 언제 한번 정식으로 K에게 인사할 자리를 만들어 달라고도 했던 터였다. 그는 K의 할아버지가 알 만한 중소기업을 몇 개 이끈 사람이라는 것과 K가 다섯 살 때부터 피아노에 매달려 살았다는 것까지 꿰고 있었다. 조각가가 K의 안부를 알기 위해 여자와 대화하는 것일지도 모른다는 착각이 일 만큼 그는 K에 관심이 깊었다. 그러나 K와 통화를 한 뒤부터 조각가는 K에 관한 것을 묻지 않았다.

레슨? 그 따위 수작으로 내 아내를 만난단 말이지. 이것 보시오, 내 아내한테 허튼 수작 부리면 가만두지 않을 거요, 알겠소? K는 전화를 끊자마자 핸드폰을 구기듯 만지작대다 소파에 던지고 여자 앞으로 다가왔다. 레슨이고 뭐고 내일부터 모두 그만둬! 내일부터 집 안에 꼭꼭 틀어박혀 있어, 알아들었어? 여자는 그러겠노라 대답했다. 그는 반나절도 못 가 좀 전의 말들은 모두 취소한다 할 것이고 미안하다는 말을 연발할 것이므로 정색하고 그를 대할 필요는 없었다.

K의 청혼을 받아들이는 조건은 하나였다. 결혼을 하더라도 레슨은 할 것이고 그 조건을 깼을 땐 여자가 하고 싶은 대로 할 것이라는 조건에 그는 쉽게 응했다. 레슨을 하고 싶으면 학원을 차리는 게 낫지 않겠냐고 권했지만 여자는 사양했다. 한 곳

에 매여 있으면 목이 졸리는 것 같다는 말까지 할 필요는 없었다. 하긴, 당신에겐 집시 냄새가 났어. 그게 은근 매력이기도 했지. 출장 레슨, 얼마든지 하라고. 여자에겐 '집시'가 '짚신'으로 들렸다.

언제부턴가 집시란 표현은 떠돌이로 바뀌었고 부부싸움이 잦아지면서 그것은 역마살, 들개라는 말로 바뀌었다. 그가 여자에게 손찌검을 하기 시작하면서부터는 도화살, 화냥기라는 말로 돌변했다. 집시가 화냥기로 바뀌기까지 약 5년가량 걸렸다. 얼마 전에 결혼 5주년을 맞은 날도 K의 집요한 악다구니와 억측을 받아 내면서 보내야 했다.

"맴맴맴맴맴, 매암 매암 매암 매앰 매애애앰….."

매미는 고막을 찢을 듯 울어 댔다. 핸드백에서 스마트폰 진동음이 전해졌다. 매미가 입을 틀어막고 울면 핸드폰의 진동음처럼 들릴 것 같았다. K에게서 온 부재중은 스물두 통이었고 문자메시지도 많았다. 여보, 지금 어디쯤 있는 거야, 내가 데리러 갈 테니까 제발 전화 좀 받아. 문자메시지에는 K의 간절한 목소리가 실려 있었다.

파도가 슬리퍼 한 짝을 물어 간 것은 순식간이었다. 슬리퍼는 수면에 잠겼다 떠올랐다 하면서 소용돌이를 쳤다. K가 수없이 던지고 내동댕이친 슬리퍼였다. 던져진 슬리퍼는 화단가 돌 틈의 회양목이나 한길에 떨어지거나 옆집의 개집 앞에 떨어지기도 했다. 슬리퍼를 물고 으르렁대는 개한테 여자는 빗자루 몽둥이를 휘둘렀다. 개가 물었던 슬리퍼 앞 축에 개 잇자국이 꾹꾹 박혀 있었다. 잇자국은 흉터를 꿰맸다 푼 실밥 자국 같았다.

여자는 돛처럼 부푼 치맛자락을 여며 잡았다. 파도에 너울거리는 오렌지빛 슬리퍼는 열대과일 껍질 같았다. 냉큼 삼킬 듯 기세를 부렸지만 어느덧 백사장에 스르르 슬리퍼를 물어 놓을 터였다. 여자는 몇 걸음 물러나 조난당한 슬리퍼 한 짝을 기다렸다.

"고운 얼굴 다 타겠구먼, 저리 가 앉아."

고둥장수는 종이컵에 넘치도록 다슬기를 담아 올리며 저만치 파라솔을 가리켰다. 노파의 손가락 너머 젊은 연인 한 쌍이 걸어왔다. 기슭에서부터 모래와 물살을 깨작이던 연인이었다. 남자는 제 애인 어깨를 감싸며 걸었다. 애인의 구두 굽 높이는 20센티가량은 되어 보였다.

여자도 킬 힐을 신은 적이 있다. 구두를 신어 보라는 K의 권유를 깡그리 무시했을 때 부대껴 오는 성가심을 덜기 위함이었다. 발뒤축은 말할 것도 없고 발가락이 헐고 튀어나온 엄지발가락 뼈는 자두처럼 발갛게 익어 있었다. 외출에서 돌아오자마자 현관에 구두를 팽개치고 터진 물집마다 일회용 밴드를 덕지덕지 붙였다. 그렇게 높은 힐은 점차 신어도 되잖아. 이런 것부터 신으라고. 페라가모가 사람 발에 가장 편한 신을 만들기 위해 해부학을 전공했다는 것 알지? 그의 손에 들린 구두는 페라

가모의 플랫슈즈였다.

아까 말이야. 당신 앞에서 얼쩡거리던 P 있잖아. 그 사람도 당신 학교 선배라면서? P도 당신을 좋아했다는 소문이 있던데, 당신을 짝사랑했다던 많은 남자들 중 당신은 누구를 좋아했어? K는 여자의 발을 주무르며 물었다. 여자는 그의 손에 잡힌 발을 뺐다. 누구를 좋아했냐고 묻잖아! 벌떡 일어나는 여자 옷자락을 그러쥐며 K는 소리쳤다. 여자는 소파 위에 벗어 둔 원피스를 들고 드레스 룸으로 갔다. 어떤 모임에도 K와 함께 가고 싶지 않다는 생각을 거듭거듭 하며 장롱 맨 안쪽에 원피스를 걸었다.

"난 떨이하고 들어가야겠어. 있다가 가."

고동 함지를 옆구리에 낀 노파는 목에 수건을 걸며 일어섰다. 노파는 파라솔에 앉은 연인을 향해 걸었다. 노파의 행색은 그때나 지금이나 변함없었다. 여자는 대학 다닐 때 아르바이트 레슨이 없는 날이나 레슨과 레슨 시간을 잇는 공백이 길 때면 바닷가에서 보내는 시간이 많았다. 다슬기 꽁무니를 빨거나 소라고동을 빼 먹으며 물살을 찢고 달리는 보트나 갈매기들의 도약을 바라보곤 했다.

부글부글 끓는 하얀 포말은 K의 비브라토 연주를 닮았다. K의 비브라토를 싱싱한 물결과 눈부신 파도에 빗댄 어느 평론가의 말은 과장이 아니었다. 건반을 한껏 움켜쥐었다 흩뿌리는 듯한 소리는 허공에서 부서지는 파도 같았다. 비브라토와 리릭을 자유자재로 표현하는 K야말로 진정한 음악가라고 평했다. 여자도 K가 음악을 향한 순정한 마음이 어느 정도인지 잘 알았다. 음악회를 갈 때마다 연주자에 관한 느낌을 적어 놓은 티켓 쪼가리가 수북했다. 네 개의 와이셔츠 상자에는 모두 그때그때의 음악이나 연주자에 관한 단상을 끼적여 놓은 티켓 쪼가리들이 가득했다.

파리에 있을 때였지. 어느 일요일 아침 일곱 시에 백건우 피아노 독주회를 보러 갔는데 표가 매진되고 없더군. 역시 프랑스는 예술의 나라라는 감탄을 또 한 번 했어. 일요일 아침 일곱 시에 열리는 독주회 표가 매진되다니, 그 나라 사람들 정말 멋있지 않아? 그때 놓친 백건우를 생각하며 오늘 아침 당신과 이 곡을 듣고 싶어. K가 여자를 깨우면서 틀었던 곡은 백건우가 연주한 쇼팽의 발라드 4번이었다. 여자는 이불을 돌돌 감은 채 침대에 누워 거실에서 들리는 피아노 소리에 귀 기울였다. 멀리서 누군가 자박자박 걸어오는 발자국 소리 같은 도입부였다. 그 곡은 여자가 졸업연주회 때 연주한 곡이었다.

K가 졸업연주회 때 게스트로 온다는 게 음대생들 사이의 화제였다. 그때 그는 파리 생활을 접고 귀국한 지 얼마 되지 않았으며 전국 투어 연주 일정 중이었다. 중, 고등학교 때부터 국내의 권위 있는 콩쿠르에 입상을 한 터라 K를 차세대 신예 피아니스트라고 일찌감치 피아노계에서 눈독을 들였다는 소문은 알 만한 사람은 죄다 알았다. 그런 그가 파리로 유학 갔다는 소식

을 여자는 음악 잡지를 통해 알았다. 잡지에는 그의 유학생활에 관한 글과 피아노 앞에 앉아 있는 그의 사진도 함께 실려 있었다. 깡마른 체구지만 단단해 뵈는 몸집과 보면대에 세워진 악보를 뚫어지게 바라보는 그의 눈빛은 박쥐의 눈 같았다.

그는 졸업연주회 뒤풀이 때 여자의 옆자리에 앉아 여자에게 와인을 따르고 과일을 집어 주었다. 쇼팽 발라드가 서정적이라고는 하지만 터치마저 약하면 안 된다는 이야기로 시작해서 페달로 포르티시모와 메조포르테와 피아니시모로 건반을 치는 법까지, 그의 피아노 이야기는 끝날 줄 몰랐다. 2차 3차가 이어진 자리에서도 K의 음악 이야기는 계속됐다. K의 페달링 이야기에 몰입해서였는지 여자는 슬리퍼가 K의 발치께 쪽으로 밀려 있는 것도 몰랐다. K는 제 발 밑에 밀려온 슬리퍼를 집어 여자의 발에 신겨 주었다. 슬리퍼 대용인 샌들을 신으라는 동료들의 권유도 있었지만 발에 익지 않은 감촉은 페달을 밟을 타이밍에도 서툴 것만 같았다. 더구나 페달과의 밀착감은 말랑한 고무가 나았다.

"아줌마, 저희들 사진 좀⋯."

여고생쯤으로 보이는 여자애가 스마트폰을 내밀었다. 여자는 고동 컵을 내려놓고 스마트폰을 받아 들었다. 일행은 모두 셋이었다. 스마트폰 카메라 화면에는 풋복숭아 같은 얼굴들이 오글오글 모였다. 포즈는 제각각이지만 신발은 비슷했다. 여학생들은 모두 통굽 플랫폼 슈즈를 신었다. 저 나이 때는 인생의 무게가 제 발밑에 있을 때였다. 또한 발돋움하지 않으면 세상이 보이지 않을 것 같이 초조함이 깃든 나이였다. 찰칵찰칵. 학생들이 카메라에 담기는 소리는 경쾌했다. K에게 부재중 전화가 마흔여섯 통이 와 있었다.

　오늘도 조각가는 나오지 않았다. 아무런 조짐을 주지 않고 훌쩍 사라지는 조각가야말로 바람이었다. 조각가가 캐나다에 나가 있는 제 처자식에게 갔는지 그가 걷고 싶어 하던 사막으로 갔는지 모를 일이었다. 덕분에 여자는 이번 여름 자주 바닷가를 거닐 수 있었다. 짜인 레슨에 구멍이 나면 환풍구가 생긴 듯했다. 빈 시간을 메울 방법은 다양했다. 걷거나 쇼핑을 하거나 커피숍에 앉아 있곤 했다. 수요일인 오늘도 그의 레슨이 있는 날이었다. 조각가가 조각을 하던 자리에는 젊은이들이 비치 발리볼을 하고 있었다. 젊은이들의 발은 모두 맨발이었다. 그들이 벗어 놓은 신발은 그물을 친 철대 주위로 산만하게 흩어져 있었다. 그것은 마치 백사장에 난 흉터 같았다. 저만치 고동 함지를 손에 든 노파가 백사장을 빠져나가고 있었다.
　발에 닿는 모래는 아직 뜨뜻했다. 뜨거웠던 한낮에 비하면 식었지만 모래는 열기를 품고 있었다. 여자는 스마트폰을 꺼내 시간을 확인했다. 시간은 제법 흘렀다. 부재중 전화 중에 세 통은 조율사에게서 온 것이었다. 여자는 얼마 전 조율한 비용을 아직 부치지 못했음을 비로소 깨달았다. 원래 하던 조율사가 아닌

바뀐 조율사의 결제 방식은 조율할 때마다 그의 계좌에 입금해
야 한다는 것을 그새 잊고 있었다.

조율사는 지난 주 목요일 낮에 다녀갔다. 오래 전부터 K의 피
아노를 손본 조율사에게 일이 생겨 조율을 못하게 됐다. 연주회
날이 잡히면 K는 여느 때보다 민감하게 조율에 신경을 썼다. 바
뀐 조율사는 피아노 학원을 하는 여자의 친구 소개로 왔다. 조
율사가 피아노를 만지고 떠난 뒤 K는 피아노 건반 하나하나를
튕겨 보았다. 이봐, 건반이 쫄깃쫄깃해진 것 같아. 현만 새로 다
듬었을 뿐인데 소리가 이렇게 달라질 줄이야. 조율사가 만지고
간 피아노를 K가 흡족해 하는 걸 보며 여자도 마음이 놓였다.
여자는 소리굽쇠, 배음 진동수. 액션이라는 말을 섞어 가며 K의
말에 대꾸했다.

쾅! K가 두 손으로 힘껏 건반을 내려치자 흉기 같은 소리를
냈다. 당신이 언제부터 조율에 대해 그렇게 잘 알게 됐지? 그놈
과 언제부터야, 언제부터 그놈과 시작했냐고! 상판을 열고 피
아노 안을 들여다보던 그놈 옆에 주스 잔을 들고 서 있던 자태
가 어딘지 교태를 부리는 듯했다고. 현을 고르고 조율 핀을 매
만지는 그놈을 보는 눈빛이 게슴츠레했다고! K가 여자의 머리
채를 잡고 피아노 건반 쪽으로 쓰러트리자 둔중하고도 앙칼진
피아노 소리가 터져 나왔다. 쾌당. 땡땡땡. 텅. 여자는 목에 감겨
오는 K의 손을 힘껏 밀어젖히고 벌떡 일어섰다.

이 썩은 벌레 새끼! 여자는 K의 가슴팍을 힘껏 밀었다. 곪아

문드러진 새끼! 당신이 했던 말도 기억 안 나? 내가 언제부터 조율에 대해 그렇게 잘 알게 됐냐고? 그 모든 말은 당신이 했어! 소리굽쇠를 두드려 배음의 진동수를 조정하는 것 정도는 피아노를 치는 사람이라면 할 수 있어야 한다고 당신이 말했어, 기억 안 나? 마음이 이끄는 대로 소리가 나지 않을 때 해머에 침질을 하거나 사포로 문지르라고? 그러고 나서 건반을 튕기면 개울물에 손을 찰방이는 것 같다는 말을 할 때, 그때만 해도 당신이 이렇게 곪아 있는 줄 몰랐어. 그러나 뭐니뭐니해도 피아노는 전문 조율사의 손을 거쳐야 한다고 했지? 조율리스트란 표현을 써 가며 조율사들이야말로 준피아니스트라고 말한 사람이 누구였어? 말해! 말하란 말이야! 향판과 토대목이 썩은 피아노는 아무리 뛰어난 조율사가 만져도 고칠 수 없다는 말, 누가 했어, 누가 했냐 말이야, 어서 말해! 여자는 뒷걸음질하는 K를 바싹 다가가며 소리 질렀다.

K의 뒷걸음질에 스피커 위에 올려진 브람스 토르소 석고상이 바닥에 떨어져 깨졌다. 은회색 대리석 거실 바닥은 핏자국이 듬성듬성했다. 쪼개진 조각을 밟은 K의 발에서 흐른 피였다. 주방의 창을 가리고 선 K는 검은 그림자 같았다. 여자는 깨진 토르소 조각들을 발로 헤치고 K 앞에 바싹 다가갔다. 여자를 내려다보는 K의 눈빛은 모래먼지로 덮인 듯싶은 눈빛이었다. 방금 전까지 아무 일도 일어나지 않은 듯한 망연한 눈빛 같기도 했다.

그날 여자는 밖을 나가 동네를 몇 바퀴 돌았다. 벤치에 앉아 오가는 사람들을 바라보며 슬리퍼를 발로 당겼다 밀었다 하는 놀음을 반복했다. 애완견의 목줄을 잡고 천천히 걷는 부부, 펜스를 둘러친 장미 넝쿨 앞에서 스마트폰으로 제 아내를 찍어 주는 남자, 아이를 앞세워 산책을 나온 부부 등, 모두 슬리퍼처럼 헐렁해 보였다.

"픽픽, 피비비비빅, 픽픽."

아이들 몇이 폭죽을 터뜨렸다. 꽁무니에 붙은 불은 허공을 차오르지 못하고 꺼졌다. 폭죽이 제 빛을 뿜내기엔 아직은 이른 시간이었다. 젖은 치맛자락이 종아리에 닿자 으스스 한기가 돋았다. 암청색으로 변한 바다 위로 주홍빛 노을이 엷게 깔리기 시작했다. 이 시간에 택시를 잡으려면 한 블록 건넌 도로까지 가는 게 나았다.

홀 조명이 꺼지자 여자는 팸플릿을 말아 쥐고 엉덩이를 의자 깊숙이 밀어 넣었다. 1부엔 소품 하나와 교향곡이 연주되고 2부는 협주곡으로 짜진 것은 이번 정기연주회도 마찬가지였다. 긴팔 정장을 입은 옆 좌석의 중년 남녀에 비한다면 에어컨 바람을 견디기엔 여자의 옷차림은 너무 얇았다. 집에서 입던 민소매 원피스 차림으로 객석에 앉아 보기는 처음이었다.

K는 무대 한가운데로 걸어 나왔다. 객석에서 박수가 터져 나왔다. 그는 여자가 장식장 옆 고리에 걸어 둔 회색바지와 검은

셔츠를 입었다. 연주회 때마다 K를 잡쥔 것은 그의 기량을 마음껏 펼치는 연주였지 연주복 따위는 무엇이라도 상관하지 않았다. K가 피아노 의자를 끌어당겨 앉자 박수 소리는 멎었다.

지휘자가 호른 주자에게 손짓을 하자 맑은 금속음이 울려 퍼졌다. 호른 음이 느리게 흐르자 K는 낮고 온아한 한 소절을 쳤다. 마음을 가다듬듯 느린 음이었다. 둘째 음도 호른이었다. 호른 음이 느린 하울링처럼 높이 솟았다 떨어지자 그것을 다독이듯 피아노가 조곤조곤 받아 주었다. 곧이어 장중한 오케스트라 소리가 퍼지자 지휘자의 연미복 자락이 빠르게 들썩거렸고 K의 등이 피아노 앞으로 쏠리기 시작했다. 어깨가 좁혀 들었고 고개가 수그러들었다. 선율을 자아올리려는 몸짓이었다.

이번 시향 정기연주회의 협주곡 협연자가 K로 정해진 뒤부터 집 안에서는 늘 브람스 피아노협주곡 2번이 흘러나왔다. 카덴차를 선택하기 위한 몰입이었다. 스피커에서 흘러나오는 여러 연주자들의 소리는 제 나름의 개성을 갖추었지만 그것들은 K의 생생한 연주만 하지 않았다. 카덴차 풍으로 돌입되는 대목에선 브람스 풍과는 전혀 다른 엉뚱한 선율을 쳐낼 때도 있었다. 거기서 번진 흥을 주체하지 못할 땐 K는 잠시 다른 악보를 들고 와 연주하곤 했다. 그는 여자가 곁에 서 있다는 것도 잊은 듯 피아노에만 몰입했다.

손으로 턱을 받친 채 보면대 쪽으로 몸을 기울여 악상을 고르는 K의 모습은 높은음자리표 같았다. 높은음자리표는 그가 여자에게 청혼을 할 때처럼 늠름해 보였다. 평생 너의 든든한 발판이 되어 줄게, 나랑 결혼하자. 바다가 훤히 바라보이는 카페에서였다. 발판이라는 말에 여자는 한쪽 발등 위에 발을 포개고 있던 발을 슬리퍼 위에 올렸다. 슬리퍼의 말랑말랑한 감촉이 발바닥에 전해 온다 싶었을 때 발등에 뭔가 떨어졌다. K가 떨어뜨린 사진이었다. 그가 재킷 안주머니에서 반지 케이스를 꺼내면서 떨어뜨린 사진이었다. 서너 살쯤 되어 보이는 K를 그의 엄마가 안고 아버지는 엄마 어깨를 감싼 가족사진이었다. K는 여자 쪽으로 다가와 의자를 나란히 붙여 여자가 들고 있는 사진을 보며 혼잣말을 했다. 이 양반들은 지금 어디서 무얼 하고 있을까. 여자는 K의 가족 이야기를 담담하게 들어 주었다.

K의 아버지는 엄마가 집을 나간 뒤 곧바로 미국유학을 떠났다. 주변 사람들은 아버지가 제 아내를 친한 친구한테 빼앗긴 모욕감과 분노를 견디지 못해 미국유학을 택했으리라 추측했다. 아버지가 미국으로 떠난 지 2년째 되던 해 그에게 새 아내와 아이가 생겼다는 소식을 쉬쉬거리는 주변 사람들에게서 들었다. 엄마에게도 아이가 생겼는지 궁금했지만 물어볼 데가 없었다.

할아버지와 한 집에 살았지만 K는 그의 얼굴을 좀체 보기 힘들었다. 저택을 드나드는 사람들은 많았다. K의 방을 드나드는 사람들은 피아노 개인 교수와 보모 겸 가정교사 등이었다. K의 말 상대는 피아노였다. 자라면서 피아노 소리 빼고 아름다운 소리들이 얼마나 많은지 깨닫게 되었지만 K는 피아노에 귀먹어 버리기로 마음먹었다. 같은 곡을 하루 종일 쳐도 지겹지 않았을 뿐 아니라 칠 때마다 새로운 감흥이 일었다고 했다. 여자는 서른 중반의 남자에게 피아노 소리 외에 아름다운 소리가 얼마나 많은지에 대해 이야기한다는 것이 새삼 머쓱하기만 했다. 또한 여자는 듣기만 했지 칠 엄두도 내지 못한 곡들을 K는 휴식을 취하듯 쳤다는 말에 솔깃했다.

여자는 혼자 있을 때 K가 쳤던 곡들을 음반으로 듣거나 쳐 보았다. K가 출근하고 여자가 레슨을 하러 가기 전의 오전 시간만큼은 온전히 여자의 것이었다. 무엇이 K를 간헐천으로 변하게 한 것인지, 여자를 몰아갈 때 뿜어져 나오는 핏발선 눈빛은 그가 어느 악상에서 조율하고 가늠해 낸 것인지 궁금했다. K를 캐려면 그의 악상을 캐야 했다. 그러나 음악을 한참 듣다 보면 여자는 저도 모르게 그 선율에 맞춰 흥얼거리며 입장단을 맞추고 있었다. 물청소를 하다 젖은 슬리퍼를 발코니 문턱에 세워 놓고 음악을 듣곤 했다. 때로는 소파에 몸을 묻고 K의 손때가 묻은 악보를 뒤적였다. 음표 중간중간마다 연필과 볼펜 자국으로 표시를 해 놓았지만 무슨 뜻인지는 K만 알 법했다. 악보에 구멍이 나도록 음표 마디마디마다 짙게 동그라미가 쳐져 있는 것도 있었다. 악상을 떠올린 흔적이라기보다 하나의 생각에 골몰하다 보니 저도 모르게 쳐 댄 낙서일지도 모른다고 판단하고 말았다. 발코니 창턱에 걸쳐 놓은 슬리퍼는 어느새 뽀송

뽀송했다. 젖은 기운을 빨리 터는 것은 슬리퍼의 본성이지 햇볕 때문은 아니었다.

"브라보!"

4악장의 피날레가 끝나자 객석에서 휘파람 소리와 박수 소리가 터져 나왔다. 지휘자는 K를 향해 두 팔을 뻗었다. 여자는 목을 옆으로 빼서 무대를 보았다. 앞에 나란히 앉은 사람들이 기립박수를 치느라 여자의 시야를 가렸기 때문이었다. 박수 소리는 점점 커졌다. 지휘자가 K를 향해 두 팔을 뻗자 객석에서 환호성이 터졌다. K는 고개를 까딱하고 무대 뒤로 갔다. 지휘자는 악장과 오케스트라 단원들 모두 일으켜 세워 객석을 향해 인사를 시켰다. 박수 소리는 점점 커졌다. 앙코르곡 신청이었다. K는 여느 연주가들처럼 무대와 무대 뒤를 몇 번 오간 뒤 피아노에 앉지는 않을 터였다. 그는 앙코르곡을 연주하면서 필요 없이 객석을 감질나게 하는 연주자들을 쇼맨십에 능한 자들이라 비난했다.

K는 무대 뒤에서 뚜벅뚜벅 걸어 나와 피아노 앞에 앉았다. 객석은 조용해졌다. K가 건반에 손을 올리자 여기저기서 들리는 헛기침 소리도 멎었다. 앙코르곡은 브람스의 소품 '왈츠'였다. '왈츠'라는 곡목과는 어울리지 않게 애잔한 선율이었다. 여자를 안고 업었으며 여자의 목을 조르던 저 손으로 K는 지금 왈츠를 치고 있다. 여자는 앞좌석 의자 밑 저 깊숙이 밀려나 있는 슬리퍼를 발로 당겨 신었다.

창(窓)

기타를 튕길 줄 알지만 걸터앉을 창턱이 없었던 내게 창은 마냥 스테인드글라스 사탕빛 정서는 아니었다. 남녀 한 쌍이 별 박힌 하늘을 바라보며 와인 잔을 들고 있거나 누군가 열어젖힌 창으로 불어오는 바람을 맞으며 창틀에 기대선 모습들은 창 아래서 연인을 향해 세레나데를 부르는 영화 장면처럼 실감 나지 않은 이미지였다. 내게 창은 알맞은 양분의 햇빛을 관통시키는 프리즘이기만 하면 되었다. 그러나 창은 프리즘도 사탕빛 정서도 아닌 틀과 유리로 이루어진 건축 구조물에 불과하다는 사실을 이곳에서 아르바이트를 하면서 깨달았다.

오전에 우리가 이곳에 도착했을 때만 해도 텅 빈 창틀을 언제 다 메울까 아득했다. 깨진 유리조각이 창틀 곳곳에 끼어 있었다. 나는 코팅 장갑을 끼고 창틀이나 베란다 바닥의 유리조각부터 치웠다. 거실 베란다와 바깥 베란다 유리 모두 깨진 채 창틀이 뚫려 있어 28층은 공중에 붕 뜬 것 같았다. 깨진 유리조각이 든 커다란 쓰레기봉투들이 베란다 한쪽 통로를 막고 있어서 작업하는 데 거치적거렸다. 쓰레기봉투를 찢고 나온 유리조각은 두껍고 날카로웠다.

과장을 따라다닌 지 열 달가량 동안 같은 집을 다섯 번 오기는 처음이다. A/S를 십 년 넘게 해 온 과장도 같은 집을 이렇게 자주 오기는 처음이며 새시에 묻은 가느다란 선 한 줄 갖고 보수수리를 신청하는 집도 이 집이 처음이라고 한다. 현관 입구에 있는 화장실 앞 마루판이 컵받침만 하게 팬 것은 창틀 새시의 가느다란 줄에 비해 큰 하자인데도 집 주인 여자는 보수공사 신청을 하지 않았는지 올 때마다 마루판은 팬 채 그대로다. 과장 말대로 여자는 창에만 붙어 있는지도 모른다.

사다리에 올라선 과장이 드릴을 손가락으로 가리키고 콧잔등으로 흘러내리는 안경을 밀어 올린다. 나는 잡았던 창틀을 벽에 기대 세우고 과장한테 드릴을 건넨다. 치이잉. 과장이 드릴로 문고리를 겨누자 짧은 비명이 터진다. 과장이 입은 연회색 작업복의 왼쪽 가슴에는 '창에 대한 긴 생각'의 본사 로고가 붉게 박혀 있고 여기저기 허연 실리콘이 묻어 있다. 재바른 손놀림과 서두르지 않는 과장의 행동에서 오랫동안 현장을 누벼 온 관록이 엿보인다. 과장이 문고리를 딸깍딸깍 매만지는 소리 사이로 텔레비전에서 나오는 쇼 호스트의 목소리가 들린다. 여자는 과장과 내 주위를 어슬렁거리며 짜증 어린 말투를 쏟아 내던 때와 달리 오늘은 조용한 편이다.

이 집에 처음 불려 왔을 때는 창틀이 헐거워 유리가 흔들거렸다. 창틀을 조이고 실리콘을 먹여 틀에 유리를 고정시켜 주었다. 두 번째 왔을 때는 문짝 손잡이 부분에 거뭇한 선이 쳐져 있어 제거해 주었다. 세 번째 왔을 때는 베란다 맨 안쪽 새시 문짝의 밑면에 못 자국만 하게 꺼진 홈이 있어 열풍기를 불어 넣어 평평하게 펴 주었다. 그것은 어지간한 눈썰미가 아니면 찾아내기 힘든 홈이었다.

네 번째 찾아온 그저께는 안쪽과 바깥쪽 베란다 유리문 모두 박살이 나 있었다. 관리사무실을 거치지 않고 여자 남편이 과장한테 전화를 했을 때부터 낌새를 알아차렸어야 했다. 서비스센터에 접수되지 않은 하자보수는 굳이 과장이 해주지 않아도 되지만 요즘 계속 이 단지를 돌고 있던 중이어서 우리는 지나는 길에 이 집을 들렀다. 깨진 유리는 A/S에 해당되지 않는다는 과장의 말이 채 나가기도 전에 여자 남편은 다급하게 말을 뱉었다. 업무 중에 유리 때문에 잠시 들렀다는 그의 말투는 사정조였다.

"동네에 있는 유리 집에서 맞추는 것보다 이왕이면 이 아파트 시공업체에서 담당하는 유리가 낫지 않을까 해서 전화했습니다. 부탁 좀 드리겠습니다."

여자는 그 옆에서 팔짱을 낀 채 샌들을 신은 발로 유리파편을 휘저었다. 유리조각에 여자의 발길이 닿자 짜랑짜랑 소리가 났다. 유리조각에 찍힌 거실 마루판 여기저기는 생채기처럼 긁혀 있었다.

"일단 유리조각부터 다 치우시고 다시 연락하십시오."

과장의 말투는 차분하고 단호했다. 유리파편을 발로 살살 밀어내며 딛던 과장의 모습은 현장 감식을 끝낸 노련한 형사 같았다. 공구함을 들고 과장 뒤를 따라 나가던 나도 조심스레 바닥을 디뎠다.

그 집 여자가 유리창을 향해 아령을 던졌답니다. 오늘 오전에 과장과 내가 유리를 맞잡고 승강기에 타는 것을 본 경비가 몸서리치는 시늉을 하며 중얼거렸다. 경비는 우리가 유리를 맞잡고 경비실 앞을 지날 때마다 한 마디씩 보탰다. 여자의 남편은 지방의 고위공무원이며 며칠에 한 번씩 집에 들렀다. 여자가 베란다에 뛰어내리려는 것을 그녀의 남편과 아들이 붙들었다는 말을 하며 경비는 마른침을 삼켰다. 아파트를 돌아다니다 보면 궁금하지 않은 이야기들이 저절로 귀에 들어왔다.

창틀에 끼운 창은 문짝끼리 딱 맞물려 있다. 과장은 사다리에 한 발을 땅에 내리고 창틀 롤러 쪽을 훑어본다. 문이 쓰륵쓰륵 열고 닫힐 때마다 우기에 젖은 텁텁한 바람이 들이친다. 어둑한 숲이 반사된 창유리에 드릴을 쥔 과장의 옆모습이 흐릿하게 비친다. 어디선가 창문 닫는 소리가 탁탁 들린다. 밤을 맞는 소리는 창문 닫는 소리부터 시작된다. 일곱 시가 조금 지나 있다. 여느 때 같으면 A/S를 끝내고 사무실로 돌아가는 도로 위에 있거나 사무실에서 보고서를 작성하고 있을 시간이다. 집으로 가는 전철 안에서 수진과 문자메시지를 주고받다 보면 어느새 내릴 때가 되곤 했다.

수진은 요즘 학습지 회원 수가 많이 늘어 집에 도착하면 거의 열한 시라고 했다. 나는 수진을 만나기 위해 도서관에 갔지만 이제 수진은 도서관에도 나타나지 않았다. 수진은 교직 임용고시 준비 때문에 주말이면 도서관에서 공부를 했다. 몇 달 전부터 수진은 임용고시에 대한 불안감이나 시험을 대비하는 새로운 각오에 대한 이야기도 하지 않았다. 두 번이나 연거푸 임용고시에 낙방한 수진에게 내가 할 수 있는 일이란 수진의 말에 귀 기울여 주는 것뿐이라 여겼었다. 수진이 학습지 지국장 이야기를 하기 시작하면서 내 문자메시지에 답하는 걸 소홀히 했고 전화를 잘 받지 않았다. 그것은 도서관에도 나타나지 않은 시기와 비슷했다. 나는 답답한 마음을 친구 몇에게 털어놓았다. 친구들은 오래된 연인들이 겪는 자연스러운 현상이라며 수진이 제 발로 떠나는 걸 고맙게 여겨라 했다.

"자, 여기."

과장은 창의 위 칸 손잡이를 잡으며 내게 드릴을 건넨다. 텅 빈 창틀은 번들거리는 유리로 다 메워졌다. 일머리를 훤히 꿰고 있는 과장이 아니라면 하루 만에 끝내기 힘든 작업이었다. 과장은 내가 보조를 착착 잘 맞춰 줘서 일이 순조롭게 끝난다고 하지만 나는 고작 유리나 창틀을 맞잡아 주거나 창틀에 매달린 과장에게 연장을 건네주는 일밖에 하지 않았다.

　내가 복학을 하고 회사를 그만두면 누가 과장 보조로 나설지 과장은 벌써 걱정이었다. 2학기에 복학을 하려면 여기서의 아르바이트는 보름가량이면 끝이다. 회사에 처음 올 때는 생산 현장의 바쁜 일손을 거드는 게 내 일이었다. 생산 라인뿐만 아니라 포장이나 래핑까지 각 팀마다 일손이 모자라 과장　보조로 외근 나올 만한 사람은 마땅히 없었다. 회사에서 빠져나올 수 있는 여건을 가진 사람은 나뿐이었다. 낮은 임금에 비해 공단지역 주변의 집세는 비싼 편이라 일꾼 구하기는 어려웠다. 외국인 노동자들이 아니면 물량을 제대로 출하해 내지 못할 만큼 일손은 귀했다. 본사에서 지시하는 주문량과 주문날짜를 맞추려면 생산 현장은 늘 밤 9시까지 기계를 가동시켜야 했다.

　나는 생산품 작업지를 뽑아 복사를 해 현장에 보내고 공문과 팩스를 챙겨 본부장한테 보고하고 남는 시간은 래핑이나 포장실을 오가며 모자라는 일손을 거들어야 했다. 래핑실에 널린 체리빛이나 원목색을 입혀 놓은 창틀을 보고 있으면 창틀에 비칠 풍경들이 머리에 스쳤다. 본사 광고모델인 여배우가 창을 어루만지며 '창에 대한 긴 생각은 당신에 대한 긴 생각이에요'라고 속삭이는 것을 들었을 때는 군 내무반에서 잠자리에 들기 전이었다. 대기업에서 새시 문짝에까지 손을 뻗치는구나 하는 생각을 잠시 했을 뿐, 창에 대한 긴 생각을 하고 있기에는 생각할 게 너무 많은 제대 말년이었다.

인문학부를 졸업해서 뾰족한 대책이 없다는 것을 몰라서 입학한 것은 아니었지만 제대 말년쯤 되니 그런 공부에 대한 회의감부터 들었다. 복학하지 않고 공무원 채용시험 대비를 착실히 하는 게 실속 있겠다는 것과, 복학을 해 학교 다니면서 언론고시 공채 준비를 할까 하는 생각들이 오가기도 했고 무엇보다 평생 엄마 아버지가 꾸려 왔던 철물점을 비워 줘야 한다는 게 마음이 무거웠다. 집 주인이 집을 헐어 5층짜리 건물을 지어 새로 임대를 하겠다고 했지만 새 건물에 철물점을 임대하는 가격은 비싸서 다른 곳을 알아봐야 했다.

제대한 지 며칠 만에 나는 고시원으로 들어갔다. 군에 가기 전에는 독서실이 내 거처였다. 나는 고등학교 때부터 밥 먹을 때 말고는 대부분을 집 근처에 있는 독서실에서 생활했다. 좀 더 빨리 독서실을 거처로 삼아야 했었다. 고등학생이면 부모가 단칸방에서 다 큰 아들과 함께 자야 한다는 게 얼마나 커다란 고역인가 알 만한 때였다. 창문을 어두운 색 도배지로 모조리 가린 독서실이었지만 그곳이 우리 집보다 편했다. 커튼을 드리워 엄마 아버지 방과 내 방을 나누었지만 커튼은 휘장 역할을 제대로 하지 못했다. 실금 같이 벌어진 틈이라도 거울에 비친 엄마 아버지 모습은 보였다. 자라면서 나는 커튼 사이로 벌어진 틈을 보지 않으려고 거울을 떼고 벽을 향해 커튼을 등지고 눕기 시작했다.

엄마 아버지는 내가 어렸을 때부터 조금만 기다리면 창이 넓

고 전망이 트인 곳에 내 방을 멋지게 꾸며 주겠다는 말을 자주
했지만 뜻대로 되지 않아 보였다. 대형마트에서 공구나 철물을
팔기 시작하면서 철물점을 찾는 사람들은 나날이 줄었다. 겨우
세 식구 호구지책 하기에도 급급했다. 어릴 때부터 농짝에 창이
가려져 있어 나는 창이라는 개념을 지니지 못했다. 다만 부모가
전망이 트인 창을 들먹일 때마다 창이 삶의 핵심 부품처럼 귀에
와 박혔다.

철물점 입구에는 개 줄이 주렴처럼 주렁주렁 매달려 있었다.
바닥에는 똬리를 틀어 둘둘 말린 고무호스가 널려 있고 문 옆
에는 삼지창처럼 마대가 버티고 있었다. 손님이 찾는 물건을 꺼
내려면 선반에서 먼지가 풀풀 날렸다. 가게에 앉아 밖을 바라보
면 호프집 간판 너머 역광이 비쳐 흘렀다. 역광은 우리 가게 유
리문을 비추었고 그 빛은 호프집 유리에 되비쳤다. 유리끼리 반
사된 빛이 우리 집에 어른거린 유일한 빛이었다.

넌 우리의 빛이다. 제대를 하던 날 아버지가 내 어깨를 두들
기며 소주잔을 건네며 했던 말이다. 그것은 연기에 서툰 배우
가 겨우 외워서 뱉는 대사 같았다. 빛이라는 말이 그토록 무겁
게 들리기는 처음이었다. 엄마는 상추에 삼겹살을 싸서 내 입에
넣어 주었다. 육십 살도 채 되지 않은 부모가 내 눈엔 노인으로
보였고 그들을 컴컴한 동굴에서 벗어나게 해줘야겠다는 마음
이 간절했다. 그날 나는 삼겹살을 오래 씹었고 소주는 급하게
들이켰다.

144

"터치펜으로 여기 좀."

과장은 새로 끼운 문짝의 홈을 손가락으로 짚는다. 새시 문짝에 난 작은 홈집은 터치펜으로 문지르면 감쪽같다. 흰색 래핑에 얼룩을 지우는 도구가 물파스라는 걸 아는 입주민은 거의 없다. 그들은 로고가 찍힌 작업복과 묵직하게 덜컥거리는 공구함을 믿음직스러워 했다.

"알았다니까요? 글쎄 잘 끼워졌어요. 네? 어디 걔만 고3인가? 고3, 고3 그만해요. 고3 엄마가 뭔 죄라도 지었어요? 일단 알았어요."

여자의 목소리가 베란다로 흘러나온다. 우리가 처음 왔을 때처럼 다소 앙칼진 목소리다. G그룹이라는 대기업에서 만든 창이 이게 뭐예요? 내 손으로 조금만 까딱까딱하면 유리가 쑥 빠지겠어, 정말. 여자는 창틀에 벗겨진 실리콘을 손가락으로 쿡쿡 찌르며 툴툴댔다. 우리 회사는 G그룹이 아니라 G그룹의 하청업체라는 말까지 여자한테 할 필요는 없었다. 과장은 여자가 가리킨 곳 말고도 홈집을 샅샅이 찾아 실리콘을 먹였다. 나는 커팅 칼로 창틀에 묻은 실리콘을 긁어냈다. 여자가 덜 마른 실리콘을 자꾸 손가락으로 문질러 대는 바람에 짧게 끝날 일을 조금 지체했던 날이었다.

과장은 주스 잔에 빠진 날벌레를 손가락으로 건져 내고 주스를 꿀꺽꿀꺽 마신다. 바지 뒷주머니에서 핸드폰 진동이 온다. 스팸이다. 핸드폰 바탕 창에 수진이 앞머리를 쓸어 올리며 웃는

모습이 떠 있다. 제대하고 얼마 있다 수진과 함께 튤립 축제에
갔다가 찍은 사진이다. 부재중 세 통 중에 두 통은 엄마한테 온
것이다. 끼니 거르지 말라는 똑같은 말을 엄마는 하루도 거르지
않고 했다. 나는 더 이상 수진에게 문자메시지를 보내지 않았
다. 수진의 핸드폰에 표시된 부재중 내 이름이 문자메시지라면
문자메시지일 것이다.

　나는 창틀 홈에 유리 모서리를 끼우고 손바닥을 탁탁 쳐 보
지만 과장처럼 단박에 쏙 들어가지 않는다. 과장이 하는 게 쉬
워 보였던 것은 과장이 문을 어루만지는 게 아니라 문짝을 갖
고 노는 것처럼 비쳤기 때문이었다. 과장이 내 반대편 문짝을
잡고 창틀을 기울여 유리를 톡톡 치니 유리는 창틀에 쏙 들어
간다. 과장이 한쪽을 훌렁 들자 맞잡은 내 팔이 문짝에 딸려 가
는 것 같다. 창틀과 유리가 축축하다. 는개인지 안개인지 모르
겠다.

　아침에 출근 준비를 하면서 텔레비전에서 밤부터 비가 온다
는 소리를 듣고도 나는 고시원의 창을 닫지 않고 나왔다. 그것
은 창이라기보다 숨구멍 같은 쪽창이었다. 그 구멍으로 거미가
기어오르거나 날벌레들이 날아 들어오곤 했지만 요즘처럼 더운
때는 늘 열어 두었다. 쪽창으로 팔을 뻗으면 옆 고시원 벽이 닿
기 때문에 빗발이 들이칠 틈도 없을 터였다. 싼 월세에 비해 교
통이 편리하고 주위의 싼 밥집도 많아 다른 곳으로 옮길 이유
는 굳이 없었다. 간혹 고시원 주변의 편의점 앞에 놓인 간이 테

이블에 나와 같은 고시원에 묵는 사람들이 맥주를 들이켜며 앉아 있곤 했다. 그들 중에 어떤 사람은 나를 잡고 말을 했다. 갑갑해서 나왔슴다. 우리 고시원 말이오, 다 좋은데 창문이 좀 넓었으면 얼마나 좋겠소. 나는 쪽창이라도 좋으니 앞에 가리는 벽이 없었으면 얼마나 좋겠냐고 답해 주었다.

"앞이 트였다고 모두 전망인 것은 아니라고. 김 군도 아파트를 많이 다녀봐서 알겠지만 창 앞에 볼 게 뭐 있었어? 전망, 전망들 하지만 정작 전망 좋은 곳에 사는 사람들은 그것을 전망이라 하지 않지. 요새 사람들, 세계로 어디로 다니면서 좋은 것은 다 보고 사는데 뭘 더 보고 싶겠어. 사람들이 넓은 창을 원하는 것은 뭘 보겠다는 뜻이 아니라 누가 저들을 봐 주기를 바라는 거지."

얼마 전 이 아파트 109동에서 우울증을 앓던 중년 남자가 아파트에서 뛰어내려 자살한 이야기는 입주민들 사이에 쉬쉬하던 이야깃거리였다. 과장은 우울증을 앓는 사람이 베란다 창으로 뛰어내린 이야기는 또 언급하고 싶지도 않은 눈치였다. 좀 다른 방법으로 죽든가 하지, 참. 과장은 라디오 볼륨을 더 높이고 가속기를 조금 더 세게 밟았다. 차창으로 바람이 펄럭펄럭 들쳐들었지만 나는 창을 쑥 내렸다. 과장의 말에 창밖이 절벽처럼 느껴져 섬쩍지근했지만 창이란 열어젖히는 맛이라는 게 창에 대한 나의 간명한 생각이었다.

제대를 하고 집으로 돌아오는 고속버스를 탔을 때 나는 창가

에 앉아 바깥 풍경에 눈길을 주었다. 창으로 스치는 풍경에 눈
길을 주고 있으니 내무반과 연병장을 누볐던 지난 시간들이 하
나씩 떠올랐다. 행군 때 발바닥이 갈라지는 듯한 고통과 특공
훈련 때 무술 연습을 하던 것과 공수훈련 때 낙하하는 연습을
하던 것 등 힘들었던 순간들이 떠올랐다. 시간만 흐르면 모든
게 끝이라는 생각으로 버텼다. 그러나 제대가 끝이 아니라 시작
이라는 생각이 들자 답답했다. 창이라도 확 열어젖히고 싶었지
만 내가 탄 고속버스는 창을 열 수 없게 되어 있었다. 유리는 차
고 단단한 벽이었다. 접촉되지 않는 바깥 공기는 풍경이 아니라
감질 나는 미끼였다.

　아파트도 창 광고와 다름없이 풍경을 미끼로 삼았다. 사람들
이 모두 창 앞을 서성이고 싶어 한다는 것은 아파트 분양 광고
만 봐도 알 수 있었다. 바다가 보이는 베란다 창 앞에 선 광고
속의 여자는 펄럭이는 흰 커튼 자락을 살포시 거머쥐며 속삭였
다. 나는 '창밖은 햇살'에서 살아요. 아파트 광고인지 창 광고인
지 분간할 수 없었다. 다니다 보면 전망이 그럴싸한 곳이 많았
다. 강줄기와 억새 숲이 보이는 아파트들, 구불구불한 기찻길이
펼쳐진 산 중턱의 빌라들, 바다가 훤히 보이는 마린시티의 타워
들, 벽의 디귿자가 유리로 된 전원주택에 다녀온 날이면 낮에도
불을 켜야 하는 엄마 아버지의 골방이 떠올랐다. 엄마 아버지는
이사하면서 받은 전세금으로 예전에 받은 내 학자금 대출금을
갚아 버렸다. 나머지 돈으로 집을 구하려면 전보다 더 나을 수

는 없었다. 옮긴 철물점은 건물이 낡아 비가 많이 오면 벽에 물이 뱄고 창 앞에는 술 상자들이 쟁여져 있었다. 주점을 하는 옆집의 자지레한 물건들은 모두 뒷마당에 널브러져 있었다. 어둡고 습진 엄마 아버지의 방을 생각하면 내 마음은 눅눅했다.

유리에 빛이 달궈진 것만 보면 마음을 그 위에 올려놓고 싶었다. 가끔 사무실에서 복사물을 복사하기 전에 네모난 유리에 나를 비춰 보았다. 복사기 유리 밑에 깔린 어둠이 투명한 거울이 되어 주었다. 나는 거기에 비친 내 모습을 물끄러미 바라보았다. 턱 밑의 뾰루지도 어깨의 툭툭한 살집도 제대하고 나서 생긴 변화였다. 복사기의 검은 유리는 우물 같았다. 아무런 특징 없는 스물다섯 살의 희멀건 얼굴이 검은 우물에 풍덩 빠져 있었다.

넌 우리의 빛이다. 아버지의 그 말은 '우린 너의 빚이다'라는 말로 울려 퍼졌다. 우리 조금 떨어져 있어 보기로 해. 떨어져 있다 보면 뭔가 좋은 해결책이 있을 거야. 스물다섯 살의 여자에게 동갑내기 예비복학생 연인이 어떤 존재인지 떨어져 있어 보지 않아도 나는 알고 있었다. 우리 기계공학과도 졸업해 봐야 어차피 기름밥 먹어. 기계공학과가 바로 공돌이를 배출하는 과 아니야? 너 복학하지 말고 그 회사에 말뚝 박아. 공대 다니는 친구의 말이었다. 전공을 살려 취직하는 사람이 얼마나 되느냐는 이야기부터 시작해 정상적인 월급쟁이를 해서 평균적인 생활을 누리지도 못한다는 이야기로 끝을 맺었다. 하나 마나 한 이야기를 늘어놓으면 조바심이 약간 사라지곤 했다. 나는 우물을 휘젓고 싶어 복사기 전원을 켰다.

드르륵거리는 렌즈 조절기 맞물리는 소리가 났다. '시작'이라는 단추에 푸른 불빛이 들어오자 나는 복사기 뚜껑을 들고 유리판에 얼굴을 대고 버튼을 눌렀다. 위이잉 하고 복사기가 가동되면서 빛이 번쩍 터졌다. 눈이 부셨다. 옆모습도 찍고 손바닥도 찍었다. 용지 배출구로 빠져나온 B4 용지는 검은색이었다. 뭉텅 빨려 들어간 빛은 흔적도 없었다. 시커먼 용지를 꾸깃꾸깃 접어서 쓰레기통에 넣는데 본부장이 인터폰으로 나를 불렀다.

"할 일이 없나? 저것 보라고, 본사에서 막 부려 놓은 자재를 실장 혼자서 자재실에 옮기고 있다고. 어서 가서 자네가 맡아 하게."

본부장이 가리킨 곳은 벽 모퉁이에 달린 CC카메라였다. 거기에는 다섯 개의 CC카메라가 설치되어 있었다. 자재실, 래핑실, 포장실, 창틀 생산 라인, 사무실 등의 모니터에 나타난 사람들의 움직임은 꿈틀거리는 아메바 같았다. 어깨에 멘 새시 뭉치들을 자재실에 쟁여 놓는 실장의 모습도 보였다. 자재과 박 반장이 자는 모습을 잡은 것도 CC카메라였다.

박 반장은 정상 업무를 마친 뒤 밤 열두 시까지 경비를 서서 업무 외의 수당을 챙겨야 아이 셋 뒷바라지를 할 수 있다는 거였다. 잠이 모자라는 그는 점심을 일찍 먹고 자재실에 가서 자곤 했다. 점심시간이 끝난 줄도 모르고 계속 자던 그는 CC카메라에 잡히고 말았다. 그 뒤 회사 여기저기에는 CC카메라가 몇 대 설치되었고 본부장은 박 반장에게 경비 업무를 보지 못하게 했다. 박 반장은 얼마 있다 회사를 그만두었다. 박 반장이 그만둔 뒤 현장의 생산량은 다른 때보다 더 많다는 말이 들렸다.

"이곳에 오기 전에는 1층에서 살았어요. 베란다에 방범창을 가린 거기는 감옥 같았어요."

언제 왔는지 여자가 베란다 문턱 앞에 서서 중얼거린다. 여자는 거실 벽에 기대 세워진 가족사진 앞에 서 있다. 가족사진은 이 집에 올 때부터 안방 입구의 벽에 세워져 있었다. 사진 속의 여자는 웨이브 진 단발머리에 꽃무늬 원피스를 입고 있다. 안경을 쓴 여자 남편은 입가에 웃음을 머금고 있다. 중학생쯤으로 보이는 아들은 여자 옆에 앉아 있다. 저때의 여자는 베란다 창가에 놓인 티 테이블에 앉아 남편과 찻잔을 기울였을지도 모른다. 계절마다 커튼을 바꿔 달고 그 앞에 예쁜 꽃병을 놓았을지도 모른다. 창 앞에 서성거리는 것만으로 행복했을 시절이 분명 여자에게도 있었을 것이다. 그 시절에는 우울증은 남 얘기인 줄 알았을 것이다.

"이곳으로 이사 오고부터는 덜 마른 옷을 입은 것처럼 몸에 젖은 습기가 기분 나빠. 아저씨, 다른 아파트들도 이래요?"

베란다 안쪽에 있는 과장은 여자 말을 듣지 못한 것 같다.

"이 아파트는 강을 끼고 있는데다 오늘 날씨까지 이러니 더 그렇겠지요. 이 아파트 25층 이상에 사는 입주민들 중 빨래가 잘 마르지 않는다고 하는 집이 더러 있더라고요. 안개가 걸쳐지는 지점이라서 그러던데요."

나는 그동안 보고 들은 깜냥에서 아는 체했다. 여자는 우리를 볼 때마다 이사 온 이곳이 싫다는 불만을 나타냈다. 변기와 세면대가 모델하우스에서 본 것과 다르다든가 지하주차장에 고인 빗물이 웅덩이 같다는 말은 그렇다 쳐도 숲에 바바리맨이 숨어 있다는 말을 할 때 여자는 꼭 여중생 같았다. 저 숲에 바바리맨이 숨어 있어요. 숨어 있다가 으쓱할 무렵에 아파트 뒷길에 나타나 여자들 앞에서 바바리 자락을 젖힌다더라고요. 바바리맨에 대한 경계심을 드러내면서 호기심이 도사린 말투였다.

바바리맨이 바바리 자락을 펼쳤을 때 아무도 봐 주지 않는다면 그는 바바리 자락을 펼치지 않을 걸? 바바리 자락을 펼치는 순간, 괴성을 지르며 달아나는 여자가 있어야 그가 재미를 느끼겠지. 김 군은 폭우가 쏟아지는 높은 산봉우리에 홀로 서 있는 것처럼 외로울 때가 없었나? 아마 처음부터 바바리맨으로 타고난 사람은 없을 거야. 모든 것을 창과 연결 지어 이야기하는 과장의 말이 재미있었다. 그때 차창 너머로 바라보이는 아파트 창들 모두가 바바리 자락처럼 보였다.

"아, 연락 드린다는 게 깜빡 했네요. 여기서 마치면 바로 가겠습니다. 사모님이 도착하는 시간과 비슷하게 이곳 일도 마쳐질 것 같습니다. 예, 있다 뵙죠."

맞벌이하는 입주자들의 하자보수 수리는 어쩔 수 없이 그들이 퇴근한 뒤 찾아야 했다. 과장이 받은 전화는 며칠 전에 접수된 105동의 롤러 교환 건일 터였다. 밤 업무는 주로 과장 혼자 했다. 먼저 퇴근하는 내가 미안해하자 과장은 아무도 없는 빈집에 들어가기 싫어 일부러 밤일을 만드는 것이니 신경 쓰지 말고 나 먼저 퇴근하라고 했다. 빈집에 들어가기 싫다는 말을 할 때마다 나는 과장과 결혼할 뻔했다는 여자가 궁금했지만 물을 용기는 없었다. 혼자 빈집에 들어서는 마음은 과장이라고 나와 다르지는 않은 것 같았다.

두 달 전쯤 회사 회식 때 나는 술을 좀 마셨다. 여느 때는 회식자리에 끼지 않거나 끼더라도 술을 마시지는 않았다. 늦게 시작한 회식자리였기 때문에 다음 날 아침 여덟 시까지 출근하려면 2차까지 갈 여유는 없었다. 더러 몇 사람은 2차를 가는 듯했지만 과장과 나는 자리를 빠져나왔다. 나는 과장이 자기 집에 가서 자고 다음 날 함께 출근하자는 말에 따랐다. 과장 집은 원룸이었지만 베란다와 넓은 창도 있었다. 블라인드가 창을 가렸어도 공단지역이라 창밖 풍경은 충분히 짐작됐다. 창틀에 담배꽁초가 드문드문 끼어 있었고 베란다 한쪽에는 빈 소주병과 빈 맥주 캔이 수북했다.

입가심 해야지. 과장은 거실 바닥에 캔 맥주를 내려놓으며 텔레비전을 켰다. 우리는 텔레비전 마감뉴스에 눈길을 주면서 맥주 캔을 하나하나 비워 냈다. 복학은 하라고. 앞으로 무엇을 할 것인지 학교를 다니면서 고민하고. 그날 과장도 대학교 2학년까지 마치고 군에 갔다가 제대를 한 뒤 복학하지 않았다는 걸 알았다. 과장이 군에 가기 전에 사귀던 여자 얘기를 하는 바람에 나도 수진 얘기를 해 버렸다. 그 아가씨가 김 군이 제대할 때까지 기다린 게 실수고, 김 군이 그 아가씨와 끝내지 않고 군에 간 것도 실수고. 과장은 알아듣기 어려운 알쏭달쏭한 말을 중얼거리며 소파 밑에 있던 무협지를 당겨 베고 누웠다. 잠든 과장의 얼굴 그 어디에도 커다란 창틀을 훌쩍 들어 올리던 기운 찬 모습은 보이지 않았다. 새벽 한 시가 넘어 있었다. 나는 블라인드를 걷어 올리고 어두운 창밖을 멍하게 바라보았다. 오렌지빛 가로등이 희미했다. 그 빛은 따뜻하게 느껴졌다. 창에 엉겨붙은 날벌레들이 꼼지락거렸다. 나는 수진에게 전화를 했다. 발신음이 떨어지자 이내 끊었다. 발신버튼을 눌렀다 끊었다 서너 번을 반복한 뒤 나는 바탕 화면에서 웃고 있는 수진의 얼굴을 한참 들여다보았다.

그 뒤 나는 일을 마친 뒤 과장과 가끔 회사 부근의 피시방에서 'WAR ROCK'을 하며 함께 시간을 보냈다. 윈도라는 영어자막이 뜨면서 퍼런색 화면이 떴다. 피시방에 있는 사람들 모두가 컴퓨터 창에 펼쳐진 장면과 대화를 하는 듯한 표정이었다. 화면을 보며 웃는 사람, 인상을 찌푸린 사람, 입술을 실그러뜨리며 화면을 뚫어지게 쳐다보는 사람 등 표정은 갖가지였다. 모두들 키보드를 다급하게 누르고 있었다. 나는 게임을 멈추고 학교 홈페이지에 들어가 보나 마나 한 복학수속을 또 훑어보았다.

홈페이지 창 사진에는 대학생들이 책을 안고 활짝 웃으면서 본관 앞 계단을 밟고 내려오는 모습들이 실려 있었다. 사진 속의 학생들은 나보다 몇 살 적을 뿐일 텐데 나는 그들보다 열 살 이상이나 더 먹어 버린 느낌이었다. 아르바이트 일거리들을 훑어보았다. 시급을 많이 주는 곳은 여전히 치킨 배달원이었다. 복학을 한다는 것은 치킨 배달원이 된다는 뜻이었다. 나는 옆자리에 앉은 과장의 창을 엿보았다. 과장의 창에는 'GAME OVER'라는 자막이 깜빡거렸고 과장은 의자에 기대 졸고 있었다. 컴퓨터의 알록달록한 화면은 충혈된 눈동자 같았다.

"영수증입니다."

과장은 여자에게 창 설치대금 영수증을 내민다.

"한 번 확인해 보시고 문제가 있으면 언제든지 연락하십시오, 그럼."

과장은 접은 사다리를 옆구리에 끼고 현관을 향해 걷는다. 여자는 아무 대꾸를 하지 않고 거실 베란다 창틀을 잡고 서서 바깥을 바라본다. 어둠이 꽉 찬 창은 맑은 거울이다. 거기에는 과장의 뒷모습과 창턱을 딛고 선 여자의 모습과 공구함을 들고 두리번거리는 내 모습이 비친다.

여자는 베란다로 내려서서 창을 손으로 쓰윽 문지른다. 여자가 창에 다가갈수록 부스스하게 흘러내린 머리카락에 싸인 여자 얼굴이 또렷하게 비친다. 여자는 창밖에 서 있는 것 같다. 여자가 달그락거리며 갈고리를 만지는 소리가 창에 노크를 하는 것처럼 들린다. 여자가 창을 열자 빗소리가 세차게 들린다. 방충망 얼개 사이로 빗물이 들쳐드는 데도 여자는 창 앞에서 꼼짝 않고 그대로 서 있다. 나는 실리콘 튜브와 커팅 칼을 주워 공구함에 챙겨 넣고 여자에게 인사말을 건넨다. 여자는 내 말을 듣지 못했는지 뒤돌아보지 않는다. 바지 뒷주머니에서 핸드폰 진동이 온다. 엄마다. 전화기를 귀에 대면서 현관문을 나온다.

빗줄기는 굵다. 아파트 뒤 공터에 주차된 차는 우리 트럭뿐이다. 나는 조수석 뒷자리에 공구함을 놓고 의자 레버를 당긴다. 과장은 트럭 시동을 걸어 둔 차창 앞으로 가 와이퍼 밑에 깔린 젖은 방문차량 스티커를 걷어 낸다. 차창에 흐릿하게 비치는 과장의 얼굴에 창 앞에서 꼼짝하지 않던 방금 전의 여자 모습이 겹쳐진다. 앞이 너무 어둡다. 나는 운전석으로 몸을 기울여 쌍라이트를 켠다.

닭발

언도는 입에 든 닭발을 삼키기도 전에 또 하나의 닭발을 욱여넣는다. 오늘 닭발 맛은 혀를 찧고 말(言)을 찧어 대던 절굿공이 맛과는 다르다. 언도 안에 깃든 부정한 기운을 싹 긁어 대던 갈퀴 맛도 아니다. 언도는 목울대에 힘을 가해 닭발을 삼킨다. 쫄깃쫄깃한 채찍 맛이다. 오독오독 씹히는 닭발은 말발굽 소리 같다. 말(馬)들이 뛰고 달리며 언도 안을 휘저어 놓는 것 같다. 언도는 이마와 콧잔등에 흐르는 땀을 손등으로 문지른다. 닭발이 뒤숭숭한 기분을 힘껏 걷어차길 기대하며 언도는 또 하나의 닭발을 집어 든다.

택시에서 내린 언도는 무작정 시내의 인파 속을 걸었다. 백화점 모퉁이를 도는데 포장마차 주인 여자가 언도에게 손짓을 하며 긴 나무 의자를 탁탁 쳤다. 포장마차에는 손님이 한 명도 없었고 안줏거리가 든 유리 상자는 빛을 환하게 받고 있었다. 여

자는 유리 상자를 보며 멈칫거리는 언도를 의자 쪽으로 잡아당
겼다. 상자 안의 얼음 덩어리 위에는 우렁쉥이, 조기, 삶은 문어
와 오징어, 새우, 닭똥집, 닭발 등이 있었다. 여자는 묻지도 않
고 닭발을 한 움큼 집어 올렸다. 언도가 한참 들여다본 것은 닭
발이었다. 닭발을 거머쥔 여자의 손은 장난감 뽑기 기계 안에
매달린 집게 같았다.

기말고사가 끝난 오늘은 교직원 단체 회식을 한다고 며칠
전부터 회람이 돌았지만 언도에게 요즘 공을 만나는 일만큼
중요한 일은 없었다. 언도가 먼저 만나자고 연락을 했던 여느
때와 달리 오늘은 공이 먼저 전화를 걸어 왔다. 이틀 연거푸 만
난 적은 없었기 때문에 공이 오늘 또 만나자는 연락이 왔을 때
어제 나눈 대화가 진척을 보는구나 싶었다. 공과 만나기로 한
약속 장소인 시내 커피숍 부근에 다다랐을 때 스마트폰 벨이
울렸다.

저예요. 택시 기사가 프로야구 중계를 크게 켜 놓았기 때문에
언도는 폰을 귀에 바싹 붙였다. 오늘 언도 씨 만나면 얘기하려
고 했는데…… 공은 잠시 뜸을 들인 뒤 또박또박 말을 이어 갔
다. 공에게는 3년째 깊게 사귀는 남자가 있다. 그는 공보다 열
살 많은 가난한 집안의 장남이라 부모의 반대가 심하다. 그러
던 중 공은 언도를 만났다. 한두 번 정도만 만나려고 했는데 어
쩌다 보니 1년여가량까지 끌게 되었다. 요즘 계속 결혼 이야기
를 꺼내는 언도가 부담스러웠다. 어제 언도가 부모에게 인사할

날짜를 잡자는 말에 언도와의 관계를 너무 오래 끌었다는 사실을 깨닫고 더 늦기 전에 판을 접어야겠다는 마음을 먹었다. 그동안 저한테 잘해 주셔서 고마워요, 그럼.

공은 제 할 말만 하고 전화를 끊었다. 언도는 얼른 발신 버튼을 눌렀지만 공의 전화기는 그새 꺼져 있었다. 대단한 민첩성이었다. 둘은 평소에도 존댓말을 썼지만 공의 말투는 여느 때보다 깍듯했다. 남녀 사이일수록 존댓말을 써야지만 말을 함부로 하지 않는다는 공의 제안은 맞았다. 공을 만날 때마다 첫 미팅 나간 듯 설렜던 까닭도 깍듯한 말투 때문이었다. 그러나 오늘 공의 깍듯함은 잘 벼린 칼이었다.

"아줌마, 나도 닭발로 좀 줘 봐. 오늘은 닭발이라도 씹어야겠어, 씨발."

야자수 무늬가 그려진 남방셔츠를 입은 중년 사내가 여자를 향해 외친다. 반대편 자리가 비었는데도 야자수는 언도 옆에 앉는다.

"매운 고추를 좀 다져 넣었는데 되게 매운가 보네."

여자는 야자수에게 눈길을 주며 언도 앞에 두루마리 화장지를 놓는다. 언도는 화장지를 몇 겹 포개 뺨과 목 언저리를 꾹꾹 누른다. 접시에는 불그죽죽하고 반지르르한 닭발이 듬성듬성 포개져 있다. 조청과 식용유가 많이 들어간 것이다. 통깨와 다진 파도 뿌려졌다. 발가락이 두 개만 남은 닭발은 새총 같다. 언도는 새총을 입에 넣고 우둑우둑 씹는다. 콩알이 따끔따끔 입천장에 튄다. 엄마도 닭발을 씹을 때면 우둑우둑 소리를 냈다. 닭발이 명치를 으깨는 맛이란 걸 알기 시작한 때는 겨우 1년여 전부터였다. 엄마가 죽고 나서부터였다.

엄마가 도계장에서 받은 품삯은 닭발이었다. 월급과 맞바꾼 격이었다. 도계라인의 닭다리에서 잘려 나온 닭발을 소쿠리에 챙겨 담는 것이 엄마의 주 업무였다. 좁은 집 안에는 늘 생닭 비린내가 진동했다. 엄마는 닭발에 밀가루를 묻혀 빡빡 주물러 씻었다. 그런 뒤 가는 솔로 발가락 사이마다 샅샅이 문질러 씻은 뒤 술집이나 포장마차에 대 주었다. 발목이 부러졌거나 발가락이 깨진 닭발들은 따로 모아 졸이고 볶아서 밥상에 올렸다. 언도는 닭발을 거의 손대지 않았다. 엄마는 무슨 음식이든 언도가 먹고 싶지 않다고 하면 한 번 이상 권하지 않았다. 거짓말은 말할 것도 없고 웬만해선 헛말을 하지 않는 엄마는 상대의 말도 곧이곧대로 들었다.

―사랑은 아무나 하나. 눈이라도 마주쳐야지.

편의점 옆 건물 지하 노래방에서 새 나오는 노래 소리는 동굴에서 울려 나오는 것 같다.

"아, 사랑이야 아무나 하지, 이별이 어려워 그렇지."

야자수는 손목시계를 풀어 소주병 옆에 놓으며 혼잣말을 한다. 노래방에서 나오는 노래 소리뿐만 아니라 포장마차에서 켜놓은 텔레비전 소리와 편의점 옆에 설치된 장난감 뽑기 기계에서 나오는 소리들이 섞여 골목은 시끌시끌하다.

바지 뒷주머니에서 스마트폰 진동이 온다. 선배다. 언도는 스마트폰을 소주병 옆에 놓는다. 선배는 언도와 같은 재단의 중학교 체육교사로 고등학교 몇 년 선배다. 결혼하기 전에 여자들을 많이 사귄 선배는 여자를 보면 어떤 유형의 여자인지 잘 안다며 공을 꼭 한 번 보게 해 달라 했다. 언도는 오랜만에 가진 만남을 친구들의 너스레로 시간을 때울 수 없다는 공의 뜻에 따라 둘이 만날 때 선배는 물론이고 누구도 자리에 부르지 않았다.

벌써 네 통째 선배 전화를 묵살했다. 받지 않는 전화도 메시지다. 무슨 일로 전화를 받지 않는 걸까 하며 상대에게 갖가지 상상을 하게 하는 것도 이쪽의 의사표현이다. 언도는 선배 전화를 받고 싶지 않지만 전원은 끄지 않는다. 어디엔가 전화를 했는데 전원이 꺼져 있다는 말을 들었을 때 자신이 반품된 것 같은 허접한 기분을 잘 안다. 그래서 언도는 세상과 떨어져 있고 싶을 때가 아니라면 스마트폰 전원을 끄지 않는다.

"여태까지 나 몰래 딴 놈과 놀아났다 이거지? 나를 홍어 좆으로 봤다간 무슨 꼴을 당할지 두고 봐!"

야자수는 스마트폰을 이 손 저 손 바꿔 쥐며 소리를 높인다. 전화기에서 앙칼진 여자 목소리가 새어 나온다. 야자수가 여자한테 이쪽으로 나오라고 하는데 여자는 안 나오겠다고 하는 것 같다.

"그놈한테 빠져 요새 홍야홍야 하는가 본데 나를 엿 먹이는 연놈들 가만히 안 둬, 응?"

야자수의 팔꿈치에 스쳐 나무젓가락 한 짝이 바닥에 떨어진다. 지나가는 사람들이 야자수 쪽을 힐끗 쳐다본다. 야자수는 스마트폰을 술병 옆에 툭 던지고 잔에 술을 따른다. 그의 스마트폰 바탕화면에 뜬 비키니 수영복을 입은 여배우 사진이 검은 액정 속으로 사라진다.

"아줌마, 이 선풍기 어떻게 좀 해 봐. 지 혼자 쇠꼬챙이에 대가리 처박고 휙 돌아가 버리잖아. 사람 열불 나 죽는 줄 모르고, 씨발."

야자수는 인상을 찌푸리며 셔츠 단추 하나를 끄른다. 선풍기가 쇠기둥에 닿을 때마다 따그르륵 소리를 냈다.

"감히 나를 바람맞혀? 딴 놈과 눈이 맞아서?"

야자수는 이죽거리며 술잔을 홀떡 비운다. 탁, 소리 나게 술잔을 놓고 다시 스마트폰을 든다. 그의 새끼손가락에 누리끼리한 반지가 끼여 있다. 반지는 한쪽으로 밀려난 약속처럼 옹색하다.

여자가 남자에게 한두 번 바람맞히는 것은 애교로 봐 넘길 수 있다. 그러나 선배는 공이 뭔가를 숨긴다고 장담했다. 공이 약속을 깰 때마다 이유는 늘 같았다. 갑자기 급한 일이 생겨서. 급한 일이라는 데 어쩔 도리는 없었다. 처녀가 총각 만나는 것보다 급한 게 뭐 있어? 내가 볼 때 그 여자 양다리 걸치고 있는 게 분명해. 얼마 전 공이 약속을 깼을 때에도 선배는 단정 짓듯 말했다. 결혼 상대를 신중하게 골라야 한다는 충고는 고마웠지만 선배가 공 얘기를 나쁘게 하는 것은 듣기 거북했다. 열 길 물속은 알아도 한 길 여자 속은 알 수 없다며 선배는 여자의 앙큼함에 대해 계속 늘어놓았다. 언도는 저도 모르게 선배 이야기에 점점 귀를 기울이고 있었다. 부정적인 말에 귀가 솔깃해지는 것은 희한한 일이었다.

그날은 저녁 내내 선배 말이 머리에 맴돌았다. 선배가 여자의 앙큼함을 역설할 때 고개를 주억거렸던 것도 같았다. 남자 둘이 여자 하나를 뭉갠 것 같아 석연치 않았다. 공의 목소리라도 들어야 미안함이 가라앉을 것 같았다. 그러나 공의 전화기는 꺼져 있었다. 굳게 잠긴 철문 앞에 선 기분이었다. 철문을 두드리는 기분으로 문자메시지를 넣었다. '지금쯤 강의 준비하느라 정신 없지요? 오늘따라 더욱 보고 싶습니다.' 그러나 언도가 정작 쓰고 싶은 문자는 '오늘 당신 흉을 봐서 미안합니다'였다. '흉'이라는 단어는 적절하지 않았다. 딱히 흉을 본 것은 없었다. 억측과 추측으로 누군가를 몰아세우고 난 뒤 켕기는 마음을 알맞게 전할 말과 글은 쉽게 떠오르지 않았다. 학생들 말투로 하자면 '뒷담 까서 미안합니다'였다. 재미삼아 여러 문장을 계속 작성했다 지웠다 해 보았다. '혹시 양다리 걸치십니까?' '다른 남자와 나를 저울질 하고 있습니까?' 그것은 '나는 당신과 헤어지고 싶습니다'라는 말이 아니고 무엇이랴 싶었다. 하트모양 이모티

콘을 줄줄이 찍어 보았다. 붉은 하트모양은 언도를 놀리는 날름거리는 혀 같았다. 스마트폰을 훌쩍 밀쳐 던져 버렸다. 되도록 선배와 공 얘기는 하지 말아야겠다는 다짐을 하면서 집 밖을 나섰다. 싱숭생숭함을 달래 주는 것이 너무 늦게 생각났다.

어딜 가나 닭발집과 치킨집이었다. 원룸 밀집 지역인 언도 집 부근에는 더욱 그랬다. 엄마가 죽은 뒤부터 제식을 치르듯 닭발집 순례를 차례차례 하기 시작했다. 엄마가 죽기 전에는 눈길조차 주지 않았던 닭발집이 아니었던가. '휘까닭', '불타는 닭발', '多닭多닭' 등의 간판이 띄엄띄엄 눈에 들어왔다. 언도는 'The Dakbal'집에 들어갔다. 실내는 닭발볶음처럼 지글거렸다. 공기는 매웠다. 안내를 받은 자리는 구석졌다. 락스 냄새가 물씬 나는 나는 물수건부터 나왔다. 제식의 첫 절차는 손을 소독하는 일부터라는 것을 닭발 집이라고 모를 리가 없었다. 물수건으로 손가락 사이사이를 천천히 닦으며 주위를 둘러보았다. 사람들은 닭발을 젓가락에 꿰고 있거나 입에 물고 있었다. 저마다 닭발로 입안을 찧어야 할 사연들이 무엇일까 생각하며 언도도 닭발을 어금니 깊숙이 밀었다. 뭔가를 맹렬하게 씹고 있으면 혼자 앉은 머쓱함이 싹 달아났고 중대한 일에 골몰해 있는 듯한 기분이 들었다. 껌을 씹을 때의 무심한 몰입과 다르지 않았다. 공이 양다리를 걸친다는 선배 추측이 틀렸을 거라 믿으며 닭발을 질겅질겅 씹었다.

어린 시절, 엄마는 언도가 거짓말을 할 때마다 닭발을 입에

166

물렸다. 닭발을 채찍으로 삼아 입안을 후려치려는 의도였다. 티끌만큼의 선처도 없었고 예외도 없었다. 닭발을 물지 않으려고 도리질을 쳤던 어느 날, 발가벗겨진 채 마당에 내쫓긴 기억은 떠올리고 싶지 않은 것 중에 하나였다. 두고두고 친구들에게 놀림감이 되느니 닭발을 무는 게 나았다. 이도 저도 하지 않겠다면 영원히 밖으로 내쫓을 거라는 엄마 말은 결코 헛말로 들리지 않았다. 축축하고 비린 닭발을 입에 물고 있으면 빽빽한 폐계 차에 갇혀 오물에 질척이는 닭발이 떠올라 구역질이 났다. 입에 문 닭발을 떨어뜨리지 않으려고 입술에 힘을 주거나 혀로 눌려야 할 때도 있었다. 가늘고 뾰족한 닭발은 갈퀴처럼 혀를 긁는 것 같았다. 그 순간만큼은 다시는 거짓말하지 말아야겠다는 다짐들이 솟구쳤다.

숙제를 안 했으면서 했다고 한다든가, 학용품 가격을 부풀려 받아 간다든가 하는 따위의 거짓말이었다. 들키지 않은 거짓말까지 다 합친다면 거의 사흘에 한 번 꼴로 닭발을 물어야 했다. 들키지 않는 거짓말이 쌓여 갈수록 엄마 손에 들린 닭발 봉지는 무서웠다. 봉지 속의 닭발이 걸어 나와 언도 입을 짓밟을 것만 같았다.

언도 집은 소도시 변두리였다. 집 뒤 하천 길옆에 사료공장이 있었고 멀리 공장들이 드문드문 보였다. 하천을 따라 끝까지 가면 도계장이었다. 집 앞 도로에는 폐계 차들과 냉동 탑차들이 수시로 지나다녔다. 학교를 마친 언도는 주로 하천 옆의 좁은 공터에서 아이들과 축구를 했다. 아이들 부모도 대부분 도계장이나 주변 공장에서 일했다. 도계장에서 일하는 부모들 중에는 도계라인은 물론이고 수의사나 주임부터 기획실 팀장과 경리부장도 있었다.

닭발라인? 닭발은 닭다리라인에서 잘려 나가잖아. 예전에는 닭발을 그냥 버렸대. 그래서 지금도 닭발은 따로 취급한대. 정식 품목이 아니니까 마트나 백화점 식품코너에 닭발이 진열되어 있지 않는 거래, 우리 아빠가 그랬어. 아이들의 도계장 이야기는 천연덕스러웠다. 그렇지만 시장에서는 닭발이 잘 팔린다던데? 내장 팀 아들이었다. 내장 팀 아들은 도려낸 내장이 가축사료로 쓰인다는 것부터 닭 부위별로 거치는 공정을 진지하게 설명했다. 내장 팀 아들의 말이 아니더라도 아이들은 도계장 안 시설을 대충 알았다. 회전 칼날로 닭 내장을 도려내는 장면은 언도도 잊히지 않았다. 폐계 다리가 줄에 매달려 전기 실신을 하고 난 뒤부터 닭은 곧바로 라인을 탔다. 도계와 탕모, 내장 적출에서 포장까지 모두 컨베이어벨트에서 처리되었다. 학교에서는 현장학습마저 도계장을 갔기 때문에 부모가 도계장에 다니지 않는 아이들이라도 닭 이야기라면 최소 몇 마디는 끼어들 수 있었다. 언도는 아이들 이야기를 가만히 듣기만 했다. 밖에서조차 비린 이야기를 하기 싫었다. 닭발은 왜 라인 밖에 있어야 하는지 궁금하긴 했지만 입을 꾹 다물었다. 버려지는 것이니까 그렇지, 하는 아이들 말을 또 듣고 싶지는 않았다.

"이 양반이 닭발을 맛있게 씹고 있어서 시켰더니 별로야. 맵고 비려. 아줌마 어서 조기구이 올려 줘."

야자수는 화덕 앞에 쪼그려 앉아 있는 여자에게 외친다.

"형씨는 이거 무슨 맛으로 먹어?"

"무슨 맛이긴, 오도독 씹는 맛이지요."

여자가 석쇠에 입바람을 불며 참견한다.

"자네는 입이 없나? 꾸어다 놓은 보릿자루마냥 뚱해 갖고 선, 사람이 그렇게 물정 사나우면 못써. 이런 자리에서 술잔을 주거니 받거니 하는 것도 세상 사는 맛이야. 불알 찬 놈이 좀스럽기는."

야자수는 콧물을 훌쩍이며 언도에게 곁눈질을 한다. 닭발 맛은 입안을 사르는 불 맛이라고 넉살을 떨어도 괜찮을 자리다. 그러나 언도가 입을 뻥긋했다 하면 야자수는 계속 말을 붙여 올 것이다. 그러다가 형 아우라 하며 술잔도 오고 갈 것이다. 술을 많이 마신 뒷날 속이 쓰린 것은 꼭 숙취 때문만은 아니다. 취중에 흘린 헛말들이 파 놓은 허방 탓이다. 허방을 메우기 위해 헛말을 불러왔다. 제 말에 쫓겨 달아나는 꼴을 면하려면 술자리에서만큼은 벙어리가 되어야 했다.

엄마는 심한 말더듬이었다. 정으로 돌을 쪼개듯 말을 힘들게 빚어냈다. 한 음절 뱉어 내는 데 2, 3초는 소요되었다. 자음과 모음을 이어 붙이는 데만 최소 2초를 잡아먹었다. 말이 없어도 엄마와 언도의 소통에는 문제없었다. 벽에 못을 박으려면 못과 망치를 언도에게 건네면 됐고, 식사 때가 되면 차려 놓은 밥상에 앉아 수저만 들면 그만이었다. 시장에서 반찬거리를 봉지에 골라 담았을 때도 주인을 향해 눈만 크게 뜨면 됐다. 고추와 오이가 담긴 봉지를 받아 든 엄마를 향해 채소장수 노파는 손가락을 쫙 펼쳤다. 세 개나 다섯 개. 펼쳐진 손가락은 닭발 같았다.

공터에서 노는 언도를 부를 때의 엄마 목소리는 우렁찼다. 어, 어, 어, 어, 언도야아아아아. 못 들은 척했다. 어, 어, 어, 어, 언도야아아아. 야, 닭발! 너희 엄마 저기 오시잖아. 엄마를 피해 하천 둔덕으로 내려갈까 사료공장 쪽으로 달아날까 고민하는 사이 아이들이 엄마를 가리켰다. 저만치 하천 길을 따라 엄마가 느릿느릿 걸어오고 있었다. 양팔에 들린 닭발 봉지는 가랑잎처럼 마른 엄마의 몸피에 추를 매단 듯 중량감을 주었다. 언도는 엄마와 반대 방향으로 달렸다. 달리다 보면 그대로 어디론가 떠나고 싶었다. 얼굴에 주근깨와 기미가 자글자글한 데다 말까지 심하게 더듬는 사람이 엄마라는 사실이 창피했다.

현금카드처럼 편리한 게 거짓말이었다. 입은 거짓말의 저장고였다. 늘 착용했던 거짓말은 술술 나왔다. 저 사람 내 친엄마 아니야, 사실 나는 저 사람 양자로 왔어. 우리 친부모님은 말이야……. 양자가 될 수밖에 없었던 이유들은 동화책에 얼마든지 많았다. 엄마가 사다 나른 동화책이 그렇게 요긴하게 쓰였다. 지어낸 이야기를 아이들에게 들려주고 나면 진짜 양자가 된 것 같았다. 잘 차려입은 어떤 부부가 검은 세단 승용차를 몰고 언도를 태우러 오는 상상을 하면서 잠자리에 들기도 했다. 부자인 언도 부모는 피치 못할 사정으로 자식을 남에게 맡겨 놓을 수밖에 없었을 것이라는 상상을 하고 나면 엄마로부터 훌쩍 떠나 버린 기분이었다.

"이 시간에 이런 데 혼자 앉아 있으면 알쪼지. 자네 실연당한 게 분명하구먼. 자, 한 잔 받어. 떠난 여자는 냉큼 잊고 어서 요것을 찾아야지."

야자수가 새끼손가락을 까딱해 보인다.

"내가 자네 나이 때는 좀 날렸지. 여자들이 얼마나 들러붙던지, 그년들 떼 내는 게 일이었다니까. 지금은 요 모양 요 꼴로 외로운 꽃사슴 신세지만 씨발."

허리를 펴며 머리를 젖히는 야자수 얼굴 표정은 흐뭇하다. 불콰한 얼굴에 네온 불빛이 얼룩덜룩 겹친다. 누구나 지나간 한때를 꽃시절이라 했다. 엄마도 한 시절이 꽃이었노라 너스레를 떨 줄 알았으면 했다. 피다 만 엄마의 한때를 듣기 싫었다. 언도가 사생아라는 사실만 또다시 인식하는 것뿐이었다.

서른 살의 처녀와 마흔 살의 사내가 벌인 로맨스는 짧았다. 마흔 살 사내는 탕뛰기 트럭기사(배송 횟수에 따라 임금을 받는 기사)였다. 그는 여러 도계장과 양계장을 드나들며 폐계나 육계를 실어 날랐다. 엄마가 임신을 하고 배가 불러 오자 뜨내기는 엄마에게 발을 끊었다. 엄마는 몇 년에 걸쳐 뜨내기를 수소문했지만 헛수고였다. 언젠가 한 번쯤은 뜨내기가 나타날 것이라 믿었으나 끝내 나타나지 않았다. 뜨내기의 지나친 붙임성과 넓은 오지랖은 어딘지 미덥지가 않았지만 끌리는 마음만은 어쩔 수 없었다는 말을 덧붙였다. 남에게 내세울 것은 없었으나 성실함에 끌렸다든가, 어느 기업체 노조위원이었다가 우여곡절 끝에 막일에 뛰어들었다는 이야기 정도는 지어낼 수 있을 터인데 엄마는 꼬박꼬박 솔직했다. 뜨내기가 도계장에 갖다 줘야 할 수금액을 갖고 달아나 버렸다는 것까지 언도가 알아야 할 까닭은 없었다.

초등학생 때는 아버지 자리가 아이들 자리가 되기도 했다. 언도도 아버지 이야기를 피해 갈 수 없었다. 거짓말이 들통나지 않으려면 아버지를 멀리 보내야 했다. 뜨내기를 외교관이나 기업체 외국 지사장이라 한다면 농담으로 들을 것 같았다. 수위 조절이 안 된 거짓말은 개 짖음보다 못했다. 뜨내기를 선장으로 만들었다. 좀 쳐준 듯했으나 그 정도는 거짓말이라기보다 휘파람에 가까웠다. 사춘기가 지날 무렵 뜨내기를 망망대해에 좌초시켰다. 청년이 되면서부터 가족이나 개인의 과거에 관한 이야기가 아니라도 할 말은 많았다. 답답한 현실과 불안한 미래를 안주 삼아 떠들었다. 뜬금없이 아버지가 화제에 오를 때가 간혹 있었다. 그럴 때면 흰 제복을 입고 상아 파이프를 입에 물고 갑판을 서성이는 마도로스 모습이 떠올랐다. 기억마저 거짓말을 했다.

여자는 목에 두른 타월로 얼굴을 꾹꾹 눌러 닦으며 텔레비전 앞에 털썩 앉는다. 아이스박스 위에 놓인 텔레비전은 한쪽으로 기우뚱하다. 텔레비전에서는 아홉 시 뉴스가 한창이다. 건물마다 붙어 있는 에어컨 실외기에서 뿜어져 나오는 열기까지 더해 골목은 찜질방이나 다름없다. 언도는 습자지처럼 등짝에 들러붙은 셔츠를 떼 낸다. 뇌물수수 혐의로 조사를 받던 시의원이 자신의 아파트에서 뛰어내려 자살했다는 소식을 전하는 대목에서 여자는 텔레비전 볼륨을 높인다. 여자는 파국을 즐기는 쪽이라고 생각하며 언도는 닭발을 입에 문다. 단풍잎 같은 닭발이었다. 시의원 집에서 자신의 결백을 주장하는 내용의 유서가 발견되었다고 한다. 갑작스런 시의원의 자살로 검찰 조사에 혼선과 차질이 생겨 수사를 잠정적으로 중단한다고 했다.

"뒈진다고 진심을 믿어 줄 것 같으면 나는 골백번도 더 죽었어. 내가 지 년을 얼마나 사랑하는지 모르고, 씨발."

야자수는 목청을 돋우며 소주병을 입에 꽂는다. 텔레비전 화면에는 들것에 실려 가는 시의원의 아내 모습이 나온다. 아내는 실신 상태라 한다. 갑작스런 가족의 죽음이 얼마나 큰 충격인지 언도는 누구보다 잘 안다. 그 충격으로 언도는 말문이 막혀 버렸다. 임종을 지키는 비장한 의식도 치룰 기회도 주지 않고 엄마는 언도를 후려치듯 급사를 했다.

작년 이맘 때 초복을 하루 앞둔 날이었다. 밤 10시가 살짝 지났을 쯤이었다. 선배와 함께 술집에서 나오던 중 전화를 받았다. 박점숙 씨 아드님 되십니까? 상대 목소리는 다급했다. 아드님 맞으시죠? 박점숙 씨가 돌아가셨습니다. 전화기를 귀에 바짝 댔다. 여보세요? 들리십니까? 상대 목소리는 더 빠르고 다급했다. 박점숙 씨 아드님 맞으시죠? 어머니가 교통사고로 돌아가셨습니다. 무슨 말인가 묻고 싶었지만 혀는 움직이지 않았다. 언도는 전화기에 거친 숨만 내보냈을 뿐 아무 말을 할 수 없었다. 아교풀을 잔뜩 삼킨 것 같았다.

아, 아, 아, 아저씨, 해, 해, 해, 행복 벼, 벼, 벼, 병원……. 택시 기사한테 행복병원 영안실에 가자는 말을 하는데 한나절이 소요된 것 같았다. 아, 아, 아, 아저씨……. 언도는 기사 뒤통수를 향해 더듬거렸다. 혀가 바위에 짓눌린 것 같았다. 아, 아, 아, 아저씨……. 다시 시도해도 마찬가지였다. 등받이 시트를 감은 팔에 얼굴을 묻었다. 거짓말을 하던 언도를 나무라고 나서 입을 홀쳐매며 칼질을 하던 엄마 모습이 떠올랐다. 흔해 빠진 게 말(言)이라도 흔하지 않은 것처럼 쓰지 않으면 말에 깨물리는 수가 있다며 오물거리고 달싹였던 입이었다. 다다다다. 칼은 거침없이 도마 위를 달렸다. 그때 엄마는 깨지고 헐은 닭발을 모아 풋고추와 섞어 다져 전을 부칠 준비를 하던 중이었다. 턱을 약간 치켜든 채 허공을 쪼아대듯 말을 빚던 엄마 모습을 또 한 번 떠올리며 언도는 젖은 얼굴을 팔에 푹 파묻었다.

대도시에 있는 언도 곁으로 오라고 했지만 엄마는 단호하게 고개를 저었다. 거동할 수 있을 때까지 닭발을 매만지며 도계장 부근에서 살겠노라 했다. 같은 말을 한 번 이상 되풀이하는 걸 싫어하는 엄마에게 또 권하지 않아도 되어 편했다. 헛말을 하지 않는 엄마가 보증수표처럼 믿음직스러웠다. 엄마의 보증수표는 대도시에 있는 대학에 다니기 시작하면서부터 엄마와 떨어져 지내면서 양자 같은 기분으로 살았던 미안함마저 덜어주었다.

도계장을 빠져나가던 2톤짜리 냉동 탑차는 도로를 건너던 엄마를 보지 못했다. 삼복이 시작될 무렵이면 도계장을 드나드는 차들은 여느 때보다 눈에 띄게 많았고 모두들 쌩쌩 달렸다. 띄엄띄엄 다녀간 문상객은 몇 되지 않았다. 교직원들과 도계장에서 함께 일한 사람들이거나 엄마가 닭발을 대 주던 가게 주인들이었다. 닭발 가게에서 온 근조 화환은 유난히 컸다. 삼가 고인의 명복을 빕니다, 라고 쓰인 검고 두꺼운 글씨 아래에 '씹고 뜯고', '닭다리 잡고 삐약삐약'이라는 가게 이름이 적혀 있었다. 엄마의 인맥은 닭발처럼 단출했다.

"쭉 가세요, 쭉!"

여자는 화장실에 가는 야자수 등을 향해 소리 지른다. 야자수는 그를 마주해 오는 젊은 남녀 사이를 뚫고 비틀비틀 걷는다. 꽃무늬 원피스를 입은 젊은 여자는 남자 팔짱을 끼고 있었다. 야자수가 둘 사이를 가르자 꽃무늬는 얼른 남자의 겨드랑이에서 떨어졌다. 그 바람에 꽃무늬가 든 종이컵에서 커피가 쏟아졌다. 남자는 여자의 앞섶을 털어 주며 야자수를 힐끗 돌아본다. 예정대로라면 지금쯤 언도도 공과 함께 시내를 걸을 터였다. 손목시계를 자주 보는 공의 눈치를 보며 언도는 2차로 포장마차에 앉을까 말까 고민할지도 모를 터였다.

상실감도 배신감도 아닌 이 기분은 무엇인가. 공은 거짓말을 하지 않았지만 언도는 그녀에게 속았다. 공이 그토록 많은 말을 했지만 정작 언도가 알아야 할 말을 공은 하지 않았다. 공이 주도했던 화제로 이끌리다 보면 언도는 저도 모르게 학생들 이야기를 하고 있었다.

학생들 대부분이 책에 뺨을 대고 자거나 딴청을 피웠다. 묵묵히 언도 길만 가야 했다. 수업에 집중하지 않는 학생들을 야단치는 것보다 숫자와 기호를 칠판에 써 내려가는 게 말 더듬는 티를 덜 낼 수 있는 방법이었다. 그, 그, 그, 그러므로 에, 에, 에, 엑스는 마, 마, 마, 마이너, 스 1! 분필을 놓고 손을 털던 순간이었다. 서, 서, 서, 선생님, 때, 때, 때, 땡, 해, 해, 해, 했는데요. 종 치는 소리는 듣지 못했지만 언도 말투를 흉내 내는 학생 말은 귀에 들어왔다. 모멸감 따위는 감수할 수 있었지만 칠판에 매달린 기분을 견디기는 힘들었다. 학생들이 부엉이처럼 눈을 부릅뜨고 말을 쪼아 대는 언도를 노려보는 것 같았다. 방법을 찾아야 했다. 전봇대나 지하철 화장실 등에 간혹 붙어 있는 '말더듬이 교정'이라는 글들을 유심히 살폈다. 신문 전단지에 섞여 있는 스피치 학원 광고지도 꼼꼼히 읽기 시작했다.

수학 선생님이시네요? 말더듬이는 선천적인 것과 정신적인 충격에서 오는 경우가 있지요. 선생님의 경우에는 후자에 해당되겠네요. 꾸준한 상담을 통해 말문을 조이고 있는 올가미를 풀어야 합니다. 상담이래야 별것 아니에요. 편안하고 솔직하게 질문에 대답하시면 됩니다. 스피치 학원에서 언도를 담당한 상담사는 공이었다. 차트를 보며 콧잔등에 흘러내린 안경을 밀어 올리는 공의 손가락은 희고 가늘었다. 목소리는 차분하고 굴곡이 없었다. 자, 선생님의 어린 시절은 어땠나요. 아버지는 무엇을 했으며 엄마는 또…….

더듬더듬 어린 시절을 되짚어 갔다. 공은 똑딱이던 볼펜 소리를 멈추고 언도 이야기에 귀 기울였다. 악취가 진동하는 동네, 먼지가 풀풀거리는 집 앞의 도로, 닭장같이 다닥다닥 붙은 언도 집 등, 한두 마디만으로도 족했을 어린 시절을 꽤 긴 시간을 소요하며 늘어놓았다. 언도 얘기를 듣던 공은 차트지에 뭔가를 빠르게 적어 나갔다. 그때 언도 뱃속에서 꼬르륵 하는 소리는 멈추지 않고 계속 났다. 상담 때마다 조금씩 털어 내다 보면 마음이 헐거워지는 걸 느낄 거예요. 공은 차트를 닫으며 언도가 점차 풀어 가야 할 것들을 요약해서 설명했다. 트라우마, 죄책감, 창피함, 사생아, 열등감 등의 어휘들이 공의 설명에 끼어 있었지만 알아듣기 어려웠다. 언도 귀에 명료하게 들어온 말 한 마디는 '저랑 함께 저녁 식사하실래요?'였다. 그 후로도 계속 공과 따로 만나게 될 줄 알았더라면 상담 때 모든 것을 털어놓지 않았을 것이다. 새삼스레 마음을 여미지 않아도 되어 편했지만 연인이 된 공에게 신비감을 줄 수 없다는 것은 아쉬웠다.

언도 씨에겐 이 닭발이 진실의 방망이란 말인가요? 언젠가 닭발집에 갔을 때 공이 닭발을 집어 들며 언도에게 물었다. 그녀의 젓가락에 물려 있는 닭발은 붉고도 촉촉했다. 공의 젓가락에 물려 있는 것은 닭발만이 아니었다. 서른다섯 살까지의 언도 인생이 통째 그녀의 젓가락에 물려 있는 듯했다. 공의 미소는 '나는 네가 누군지 잘 알고 있지' 하는 득의만면한 표정이었다. 이게 콜라겐이 풍부해서 미용에도 그렇게 좋다면서요? 공은 젓가락에 물린 닭발을 요리조리 살폈다. 그때 공의 전화벨이 울렸다. 공은 전화기를 귀에 바싹 대고 저만치 총총 걸어갔다. 언도가 닭발을 몇 개나 씹을 때까지 공은 자리에 오지 않았다.

"자네 벙어리지? 그것도 모르고 나 혼자 지랄 떨었잖아, 꺼억!"

야자수 혀는 좀 전보다 더 꼬였다. 딸꾹질 소리는 더 커졌다. 대신 말수는 줄었다. 말을 하지 않는다고 벙어리라 하는 것은 동료들도 마찬가지였다. 얼마 전부터 동료들은 언도를 벙어리라 놀렸다. 말문이 트이고 나서 붙은 별명이었다. 언도는 몇 달 전에 말문이 트였다. 벙어리, 자물통, 딱풀, 본드, 심지어 철학

자까지. 그 모두는 말을 더듬을 때는 없던 별명이었다. 누군가 말을 걸지 않으면 하루 종일 입도 뻥긋하지 않기 때문에 붙은 별명이었다.

3일 동안 시험 보느라 수고 많았다. 오늘 기말고사 마지막 날이니 끝까지 최선을 다해 좋은 성적 내기를 바란다. 오늘 조회 때 언도가 반 학생들한테 들려준 말이었다. 담임으로서 교사로서 마지막 날 시험을 앞 둔 학생들한테 할 수 있는 말은 그것 말고 없었다. 진심을 전했으나 광고 멘트처럼 식상한 말 같았다. 우리 담탱이 말이야, 다른 반 담탱이들처럼 꼬질꼬질하지 않잖아. 군말, 헛말 싹 잘라 먹는 쌈빡한 그 마인드 맘에 들지 않냐? 학생들은 언도가 조회와 종례를 빨리 끝내서 좋아했다. 언도가 말문이 트였지만 말을 더듬을 때보다 더 말을 아낀다는 것을 학생들이 알 리가 없었다.

말문이 트이자 입속은 빈 꽈리처럼 홀가분했고 혀는 나비처럼 가볍고 유연했다. 공은 말문이 트인 걸 기념하는 뜻에서 무슨 말이든 다 들어 줄 테니 마음껏 떠들어 보라고 했다. 그러나 딱히 할 말이 없었다. 언제 어떻게 말문이 트였는지 묻는 이들에게도 우물우물할 수밖에 없었다. 뚜렷하게 기억나지 않았다. 말을 더듬었을 때도 할 말은 꼭 했다는 것만 새삼스레 생각났다. 교사들은 신기하다는 듯 언도에게 자꾸 말을 시켰다. 어떤 교사는 자기 아이가 말을 더듬는데 어떻게 하면 좋겠냐고 조용히 물어 왔다. 그에게 해 줄 수 있는 말은 간단했다. 어쩌면 아

이가 말하기 싫어서 일부러 더듬는 척할 수도 있으니까 가만히
내버려 두라고!

"어이, 이쪽으로!"

지나가던 사내가 포장마차 의자에 앉아 제 무리들을 불러들
인다. 사내들은 가던 길을 멈추고 되돌아서서 슬금슬금 이쪽으
로 다가온다. 여자는 재빠르게 물수건을 꺼내 앞자리에 줄줄이
놓는다. 야자수 머리맡에 조기구이 살과 양념간장이 거무죽죽
하게 흘려져 있다. 꾸깃꾸깃 접힌 담뱃갑은 접시 옆에 팽개쳐져
있다. 그 옆에 빈 소주병 두 개가 새침하게 서 있다. 세 번째 병
도 술이 반가량 비워져 있다. 끄지 않은 담배꽁초가 빈 소주병
안에서 뿌연 연기를 게워 낸다. 야자수의 중얼거림과 딸꾹거림
이 아니어도 병 속의 연기는 말하고 있다. 야자수 속은 탄다.

"꺼억!"

야자수가 딸꾹질을 할 때마다 그의 등판의 넓적한 이파리들
이 들썩인다. 등판에 야자수 한 그루가 쓰러져 있는 것 같다. 선
배한테서 계속 전화가 온다. 데이트가 얼마나 즐겁기에 문자를
씹느냐는 메시지도 와 있다. 당분간 선배 전화를 받고 싶지 않
고 선배를 만나고 싶지도 않다. 시간이 지나면 무엇이 어떻게
흘러갔는지 언도가 말하지 않아도 선배는 저절로 알게 될 것이
다. 지금은 거짓말이나 헛말 없이는 공에 관한 말을 한 마디도
할 자신이 없다.

비문(飛蚊)

소쿠리의 사과들은 과수밭에서부터 멀쩡하지 않은 것들이었다. 사과는 낙과였다가 밭의 여러 진드기들에게 물어뜯겼거나 들쥐들에게 파먹혔을 것이었다. 수리가 밭에서 솎고 추려 온 사과들은 거의 얼금뱅이, 깨진 것, 쥐가 갉작거린 것, 벌레 먹은 것, 꼭지가 문드러진 것, 짓물러 움푹 팬 것 등이었다. 소쿠리에 파과를 담아 놓은 지도 열흘이나 흘렀다.

부엌의 선반과 살강을 달그락거리는 쥐가 아침의 적막을 깨뜨린다. 수리는 사과소쿠리를 들고 툇마루에 나간다. 사과를 차례차례 헛간 옆으로 던진다. 물컹한 사과들을 만지자 쉬파리들이 후르르 날아오른다. 쉬파리 떼들이 후룩 수리의 얼굴을 덮치다 이내 허공으로 치솟는다. 손에 묻은 사과의 농액은 추깃물 같다. 풀덤불 속에 묻힌 사과들은 또 다른 미물의 집적거림을 받으며 먼지와 햇빛과 바람에 버무려질 것이다. 던져진 사과들은 풍장으로 제 생을 갈무리할 것이다.

수리도 깨어나지 못했다면 풍장을 치렀을 거라 했다. 명석에 둘둘 말린 수리를 안유백이 들판에 내던져 버리라 호통을 쳤다는 것이었다. 곤장 50대까지는 견딜 만했다. 명석에 둘둘 말릴 때만 해도 설렁줄을 잡고 고함을 지르는 안유백 목소리가 들렸고 어디선가 여종들의 훌쩍거리는 소리도 들렸다. 피비린내가 진동하고 철썩철썩 허벅지를 내려치는 소리가 아련하다 싶었을 때 정신을 잃었다. 의식을 잃은 지 딱 하루 만에 깨어났다. 눈을 뜨자 머리맡에는 동이아범이 지황탕 약사발을 들고 있었고 동이어멈은 더운 물에 무명수건을 적시고 있었다. 제 부모를 따라온 동이는 윗목에서 종지에 든 조청을 손가락으로 파먹으며 주위를 멀뚱멀뚱 보고 있었다. 옆구리를 더듬었으나 그림주머니가 없었다. 늘 꿰 차고 있던 주머니였다.

지 애비 때려 죽인 원수라도 그렇게 하지는 않을 걸세, 지독한 놈! 동이아범은 지황탕 약사발을 수리의 입에 물리면서 치를 떨었다. 상두는 어찌 됐는지 물어볼 틈도 없었다. 이만 하기에 다행이야, 어서 발딱 일어나야지. 동이어멈은 더운 무명수건으로 벽에 기대앉은 수리의 이마와 얼굴을 닦았다. 턱뼈와 관자놀이가 당겨 왔다. 비로소 곤장을 참다 어금니를 세게 악다물었던 전날이 생각났다. 모처럼 동이 식구가 와서 뒷박만 한 방은 꽉 찼다. 밤이 깊도록 이야기를 이어 갔다. 상두가 덕이를 찾아 꼭꼭 숨어 잘 살았으면 한다는 말을 할 때 동이아범은 목소리를 낮췄다. 안유백의 오촌 당숙이 도망간 노비들을 잡으러 갔다가 노비들한테 되잡혀 작두에 잘려 죽었다는 이야기를 동이아범은 또 꺼냈다. 쉿! 동이어멈은 제 남편을 바라보며 검지를 코에 갖다 댔다. 안유백도 언젠가는 노비들한테 맞아 죽을 날이 있을 거라는 말은 노비들끼리 쉬쉬거리며 했던 말이었다. 빨래터나 우물가, 장시나 들판에서 도망간 노비와 그들을 잡으러 간 상전들의 이야기를 주고받는 것은 예사였다. 이제 돈이 양반이고 상전인 세상이라고 이야기는 마무리되곤 했다.

"안에 있어?"

푸드득거리는 새소리 사이로 동이아범 목소리가 끼어든다. 동이아범이 댓돌 앞을 서성이는 모습이 장지문에 비친다. 수리는 동살이 방 안에 가득 찬 것도 여태 모르고 있었다. 펼쳐 놓은 그림을 한쪽으로 밀친다.

"오랜만에 붓을 잡았구먼."

동이아범은 방바닥에 놓인 그림을 보며 마루에 걸터앉는다.

"이것 챙겨."

동이아범이 건네는 종이는 수리가 상두를 그린 그림이다. 그림을 펼치자 상두가 볏단에 기대앉은 모습이 환하게 나타난다. 화선지 테두리는 그슬려 있고 상두 이마 가운데 불구멍이 뚫려 있다.

"아궁이에 들어가는 걸 동이어멈이 꺼냈다더라고, 한 발만 늦었어도 타고 없어졌겠지."

이제 이 그림이 아니면 상두를 볼 수 없다. 수리가 상두를 찾아 밤길을 떠난 다음 날 아침에 안유백이 그의 방을 뒤져 그림을 가져갔다. 시렁 위에 올려놓은 그림은 움켜쥐기 편했을 것이다.

상두가 도망갔던 그날도 청명했다. 수리는 과수밭에서 파과를 줍고 거스러미를 훑는 일을 일찌감치 끝내고 논두렁을 천천히 걷던 중이었다. 추수가 끝난 들판은 망념 없는 가슴처럼 후련했다. 활래정에서 새 지붕을 이을 줄 알았던 상두가 팔베개를 하고 볏단에 기대고 있었다. 수리는 얼른 지게를 내려놓고 옆구리에 꿰 찬 주머니를 뒤져 지필묵을 꺼냈다. 상두의 감은 눈매를 그릴 때는 손에 힘을 뺐다. 유건 속에 삐져나온 앞머리는 붓을 살짝 눕혀 그려야 했다. 밑그림을 완성할 때까지 상두는 꼼짝도 하지 않고 눈을 감고 있었다. 상두가 누리는 잠포록한 시간을 깨고 싶지 않아 수리는 그대로 돌아서 나왔다.

볏단보다 더 고요해 보이는 상두를 표현하려면 어떤 색깔이 필요할까 생각하며 맑은 빛깔을 띤 국화를 골랐다. 집 근처 탱자나무 울바자 부근에는 국화가 지천이었다. 꽃잎을 똑똑 따자 알싸한 국화 향이 맴돌았다. 눈앞을 어지럽히는 파리를 쫓고 있을 때 동이어멈이 고샅길에 숨 가쁘게 뛰어오고 있었다. 상두가 사라졌어. 하루 종일 상두가 보이지 않았어. 수리는 지그시 쥐고 있던 국화 꽃잎을 지게에 담고 작대기로 지게를 받쳤다. 상두가 도망가기 전날 밤에도 행랑채에서 그를 본 사람이 없었다는 동이어멈의 말을 채 듣지 못하고 수리는 들판으로 달려 나갔다. 상두가 하루 종일 어느 음지를 돌고 돌아 볏단에 기대고 있었을까 궁금했지만 그걸 따질 때는 아니었다. 들판은 어느덧 암회색에 젖어 있었고 상두 없는 들판은 세상이 텅 빈 듯했다.

온 산과 들판을 헤매다 돌아온 깊은 밤이었다. 그리다 만 그림을 꺼냈다. 볏단 뒤의 노을 진 하늘은 찧어 으깬 국화 꽃잎 즙으로 물들였다. 백분을 섞은 꽃잎 즙은 엷은 주홍빛이 우러났다. 배코를 친 듯 벼가 싹둑 잘린 논바닥은 보풀자국 찍듯 처리했다. 노을에 색을 입히는 것과 상두 저고리 곁마기에 덧댄 헝겊 쪼가리와 늘어진 고름들에 공이 많이 갔다. 완성한 그림을 밀쳐놓고 보았다. 상두는 여전히 볏단에 기대 눈을 감고 있었다. 소처럼 크고 맑은 상두 눈빛이 그새 그리웠다. 입동이 며칠이나 지났음에도 불구하고 상두의 옷은 얇은 무명이었다.

이부자리를 펼쳤지만 잠이 오지 않았다. 수리는 모아 둔 엽전 꾸러미와 몇 닢 은전을 챙겨 걸망을 꾸렸다. 우물가 뒤쪽으로 난 산등성이를 타고 마을을 벗어났다. 상두가 잡히지 않게 하기 위해서는 돈이라도 쥐여 줘야 할 것 같았다. 그러나 수리는 상두를 찾지도 못하고 사흘 만에 붙잡혀 왔다. 곤장질을 당하는 동안 상두가 간 곳이 어디냐고, 작년 봄에 도망간 덕이도 수리가 빼돌린 것이 아니냐는 안유백의 추궁과 다그침은 반복되었다. 수리는 도망을 간 게 아니라 상두를 찾으러 갔을 뿐이라고 몇 번이나 항변했지만 안유백은 수리의 말을 들으려 하지 않았다. 그는 상두와 수리의 연이은 도망이 사전에 치밀한 계획을 한 뒤 이루어진 모사라고 단정 지었다.

"꼭 상두가 여기 앉아 있는 것 같구면. 안유백이 왜 자네한테 초상화를 그려 달라고 그렇게 목을 매는지 알 것 같네. 이번에 안유백 하자는 대로 해주고 자네 마음대로 그림이나 실컷 그리면서 살라고."

동이아범의 입가는 주름이 잡힌다. 그는 스물 중반에 당시 별당 시중꾼이었던 동이어멈과 혼례를 치렀지만 오랫동안 아이가 생기지 않았다. 마흔 넘어서야 얻은 동이를 금지옥엽 키우고 있다. 그는 안유백과 같은 나이지만 안유백보다 몇 살 많아 보인다.

"그래도 자네는 언제부턴가 우리와는 달리 약간은 자유로운 몸 아닌가 말일세."

사람들은 수리가 면천이나 된 듯 여겼다. 어노적, 백대웅이 천민이지만 시 짓는 재능을 타고났기에 여러 선비들이 돈을 내어 그들을 면천시켜 주었다는 것이었다. 안유백과 어울리는 선비들 중에도 수리가 마음 놓고 그림을 그릴 수 있도록 놓아주라고 안유백을 설득했다는 소문이 있었지만 안유백의 반응이 어땠는지 아는 사람은 없었다.

"암튼 내일 오동각에 가서 잘 하게. 난 볏단 나르러 가야겠네, 약 마저 챙겨 먹으라고."

동이아범은 헛간 옆에 넘어져 있는 삽을 세워 놓고 사립문을 빠져나간다. 사립짝 너머 햇살이 환하다. 절구와 갈퀴, 호미, 낫 등이 널브러진 헛간 주위로 버석한 나뭇잎이 수북하다. 마당가의 풀덤불들은 바싹하게 메말랐다. 초겨울의 쌀쌀한 아침, 정신이 번쩍 맑아 온다. 박태기나무와 대나무가 바람과 뒤섞여 서로 비벼대는 소리가 삽상하다.

도망간 노비를 찾음. 이름은 쇠돌이.
나이는 17세. 지난 10월 초에 노비 하나가 도망가 돌아오지 않음. 노비 차림은 닳아서 구멍 난 누른 베옷을 입고, 해진 짚신을 신었음. 왼쪽 이마에 '강비(羌婢)'라고 새긴 인두자국이 있음. 혹 이 노비를 본 군자가 있으면 통기하여 주시기를 바라노라. 보상으로 엽전 천 냥과 무명 백 필을 드리리라. 대안문 강상천 알림.

대장간 기둥에 붙은 방(訪) 앞에 몇 사람이 모여 있다. 도망간 노비를 찾는다는 방은 갈수록 늘었고 그것은 더 이상 저잣거리의 주요 화제가 되지 못했다. 이마에 인두질을 새겼다는 것은 세 번 도망가다 붙잡혀 왔으며 이번에 잡히면 저 노비는 노비 주인의 선처가 없다면 평생 관아에서 보내게 될지 모른다.
"곧 엄동설한이 닥칠 텐데 베옷으로 어쩌려고 쯧쯧. 열일곱이면 우리 작은놈과 같은 나이구먼."
등짐으로 장독을 실은 사내가 기둥 앞에서 뒷걸음쳐 나오며 혼잣말을 한다. 도망간 노비가 젊을수록 주인은 포상금을 많이 내걸었다. 열일곱 살이면 중년 노비 두 명 몫의 일을 해낼 나이다. 수리는 열일곱 살에 과수밭 일을 주로 하면서 견마잡이, 나무꾼, 급수비, 발등거리를 겸했다. 아침에 일어나서 해가 질 때까지 쉬지 않고 일했다. 종일 일해서 구하고자 하는 것이 기름, 쌀, 옷감 따위라면 인생만큼 싱거운 것도 없다는 생각을 하기 시작한 때도 열일곱 살부터였다. 벌레에 깨물린 것이나 멍든 과일을 소재 삼았던 때도 열일곱 무렵부터였다. 살구, 자두, 참외, 수박, 포도, 배, 사과 등 과수밭에는 언제나 파과가 지천이었고 날벌레가 버글거렸다. 그 전까지는 개울에 앉은 아낙이나 지게를 진 농부들의 모습이나 넓게 트인 과수밭 등을 주로 그렸다.

"최 화공이 여기 어쩐 일인가?"

화구점상 주인 방 씨다. 예순이라는 나이가 믿기지 않을 만큼 그의 몸은 단단해 보인다.

"그냥 바람도 쐴 겸해서 나와 봤습니다."

"아재, 이것 보세요."

동이는 편자박이 노인이 말발굽에 편자를 박는 것을 신기한 듯 쳐다보고 있다. 노인이 편자를 말발굽에 대고 징을 박아 대갈마치로 내리치자 말이 휘이이잉 하고 신음을 뱉는다. 그 소리에 동이는 뒤로 몇 발 물러선다. 수리는 천막을 친 곳으로 가는 방 씨 뒤를 따른다. 둘은 동이가 잘 보이는 곳에 섰다. 천막 아래 참빗장수와 망건뜸장이가 나란히 앉아 있다. 상두 무덤에 놓을 막걸리와 포 종류를 사고 바람이나 쐴 겸 장시를 나서던 중 들머리에서 혼자 노는 동이를 모른 체할 수 없었다. 외진 대숲 골에 사는 동이는 어울릴 친구가 없었다.

"자네 친구가 화선지 뭉치를 사 갔는데 받았지?"

받았다. 수리가 방 씨 화선지만 쓴다는 것을 잘 아는 상두는 장시를 들를 때면 간혹 방 씨 화구점상을 기웃거렸다고 했다. 주머니 사정 되는 대로 한 절이나 반 절씩 화선지를 사 주었지만 한 뭉치는 처음이었다. 깨를 몇 됫박 털어야 화선지 한 뭉치를 살 수 있다. 수리가 무슨 돈이 있어 화선지를 뭉치째 샀느냐고 묻자 상두는 엉뚱한 말만 늘어놓았다. 아까 장시에서 덕이를 봤다는 사람을 만났어. 소쿠리 등짐장수였는데 덕이가 묘향산의 어느 암자에서 공양주로 있더래. 덕이 찾으러 갈 테야. 수리는 화선지 뭉치를 매만지며 상두 이야기에 귀 기울이며 문고리를 바짝 잡아당겼다.

"그러잖아도 자네를 만나고 싶었어. 선암골 어느 선비가 자네그림 한 점 사고 싶어 해."

팔 그림이 없다. 안유백이 가져간 뒤로 그가 찢어 버렸다는 말도 있었고 불쏘시개로 태워 버렸다는 말도 있었다. 방 씨는 화구점상뿐만 아니라 화상(畵商)까지 겸했다. 그는 수리가 화선지를 사러 갈 때마다 새로 사들인 그림을 보여 주곤 했다. 그것은 수리의 안목을 틔워 주려고 했다는 것을 한참 뒤에 깨달았다. 화선지와 바꾸는 수리의 물건은 다양했다. 자리 짠 것, 짚신 몇 켤레, 들꽃 다발을 묶은 것, 파과 망태기 등이었다. 언젠가 방 씨는 수리에게 붓의 크기대로 황모필을 몇 자루 선물로 주었다. 황모필은 수리의 1년 녹을 모두 털어야 겨우 살 수 있는 붓이었다. 수리는 그에 보답하기 위해 그림 몇 점을 주었다. 방 씨는 그것을 김홍도에게 보였고 김홍도는 여러 선비들에게 보였다.

수리가 선비들의 입에 오르내리기 전에는 그의 그림은 안유백의 된장독 덮개나 불쏘시개로 쓰이곤 했다. 이웃마을에서 노비들이 도망갔다는 소문이 잦기 시작하자 안유백은 밤에 집 안 구석구석을 돌곤 했다. 수리의 방에도 불쑥 나타나 방바닥에 놓인 그림을 유심히 보았다. 호롱불빛을 받는 파과들은 발그스름했고 그 위를 나는 몇 마리 쉬파리는 얼룩처럼 찍혀 있었다. 많고 많은 과일 중에 왜 하필 썩은 것들이냐! 안유백은 수리의 방을 나가면서 바닥에 깔린 그림을 꾸깃거려 들고 나갔다. 다음날 새벽 일찍 본채의 아궁이에 가면 전날 빼앗긴 수리의 그림이 갈비 더미 사이에 던져져 있곤 했다. 안유백은 가끔 놀러 온 손님을 이끌고 과수밭을 어슬렁거렸다. 그에게 그림 그리는 재주가 있다면 주렁주렁 매달린 열매를 꼭 그려 보고 싶다며 흐뭇한 눈길로 포도밭을 바라보곤 했다. 그와 함께 과수밭을 거니는 손님이 시인일 때와는 말이 달랐다. 이 달디 단 과육이 품고 있는 자연의 숨결을 시로 읊고 싶소만 그런 재능이 내게 없음에 통탄할 뿐이구려. 시인은 갓을 새로 여밀 뿐 안유백의 말에 아무 대꾸가 없었다. 이게 과일이야? 우리 피고름이지. 안유백 일행이 지나고 나서 상두가 씹어뱉듯 중얼거렸다.

"상두 그 친구 일은 참 안된 일일세. 이제 세상이 달라져 안유백도 제 노비라고 마음대로 어쩌지 못할 것이야. 그나저나 내일 안유백 초상화 그린다면서? 다들 자네가 그리는 초상화에 관심이 많더라고."

"예, 그런데 그 약속을 지킬지 말지 아직 잘 모르겠습니다."

약속은 안유백이 먼저 어겼다. 수리는 멍석말이를 당한 이튿날 안유백을 찾아갔다. 온몸이 쇠줄에 묶인 듯 무거웠고 허리를 제대로 펼 수가 없었다. 초상화 그릴 날짜가 몇 남지 않았습니다. 무슨 일이 있어도 정해진 그날 소인의 깜냥대로 최선을 다해 초상화를 그리겠습니다. 초상화를 잘 그려 주는 대가로 소인을 면천시켜 주신다고 하셨지요? 나리, 소인 대신 달아난 상두를 찾지 말고 놓아 주셨으면 합니다. 소인이 상두 일의 몫까지 다 해낼 테니 상두를 놓아 주십시오. 수리는 같은 말을 두어 번 반복했다. 안유백은 수리가 무슨 꿍꿍이를 품고 상두를 운운하는지 의심쩍다며 대답에 뜸을 들였다. 그러다 곧 수리의 제안을 받아들이겠노라 약속했다.

약속을 하고 난 사흘 만에 상두는 잡혀 왔다. 포상금을 노린 누군가의 제보로 파주에서 붙들렸다. 안유백은 포승줄에 묶인 상두를 들판으로 끌고 갔다. 평생 먹여 주고 입혀 주었더니 배신하다니, 그 은혜를 원수로 갚는 것들이 어떻게 되는지 너희들에게 똑똑히 보여 주겠다! 안유백은 사람들이 둘러싸인 속에서 소리를 질렀다. 그의 목소리는 굶주린 맹수 같았다. 언젠가 입에 거품을 물고 발작을 하던 상두에게 동이째 물을 붓던 때와 다르지 않았다. 간질에는 물벼락이 약이라며 몸을 뒤트는 상두에게 그는 물동이를 뒤집어씌웠다. 수리는 물에 빠진 듯 허우적거리는 상두를 둘러메고 와 방에 눕혀 온몸을 주물러 주었다. 앙상했던 상두 몸피가 생각났다. 나리! 소인과 했던 약속을 잊으셨습니까? 당장 매질을 멈춰 주십시오. 수리는 상두가 덕이를 찾으러 가도록 놔 달라는 말도 하려다 입을 다물었다. 덕이가 도망가기 전에 안유백이 밤이면 간혹 덕이 방을 드나들었기 때문에 불에 기름을 끼얹는 짓은 하지 말아야 했다. 퍽퍽. 몽둥이가 멍석을 내리쳤지만 상두의 모질음이 들리지 않았다. 누군가 멍석을 펼치자 상두는 죽어 있었다. 고문이 끝나고 나서 그에게 닥칠 고통이 무엇인지 상두도 잘 알았을 것이다. 상두는 평생 안유백에게 당할 고통을 견디느니 혀를 깨무는 것이 낫다고 생각했을 것이다. 그의 시체는 그대로 들판에 버려졌다. 안유백은 상두 입에 재갈을 물리지 않은 하수인들을 크게 나무랐다.

"꼬마 데리고 와, 저기 주막에서 국밥이라 한 그릇씩 하자고."

동이는 어느새 풍각쟁이를 졸졸 따라가고 있다. 수리는 동이를 향해 천막 밖을 나선다. 날라리를 부는 사내를 하염없이 올려다보는 동이 얼굴에 오후 햇살이 환하다.

"아재, 나무에 매달린 사과도 많은데 왜 땅에서 주운 썩은 사과를 무덤 앞에 놓아요?"

엿이 입에 든 동이의 발음은 어눌하다. 수리는 절을 마치고 막걸리를 새로 따른다. 봉분의 흙은 아직 채 마르지 않았다. 내년 봄쯤에는 풀이 돋을 것이다. 어릴 때부터 상두와 함께 꼴담살이를 하며 형제처럼 지냈다. 상두는 수리보다 한 살 적지만 형처럼 믿음직스러웠다.

절을 할 때마다 옆구리가 결린다. 만신창이가 됐던 몸은 아직도 삐거덕거린다. 장시에서 너무 시간을 지체했다 싶어 서둘러 걸었다. 어차피 상두 무덤에 오려면 사과밭을 질러 와야 했다. 오줌 누고 싶다는 동이를 사과밭 귀퉁이로 이끌었다. 동이가 오줌 누는 동안 수리는 띄엄띄엄 떨어진 사과를 주워 망태기에 넣었다. 황태포와 함께 무덤 앞에 놓을 요량이었다. 사과는 거의 끝물이었다.

사과나무에 듬성듬성 남은 열매는 며칠 안에 모두 따서 곳간에 저장할 것들이다. 매달려 있는 사과를 보며 침을 삼키는 동이에게 수리는 장시에서 산 깨엿을 쥐어 주었다. 파과만이 수리 것이었다. 설과 대보름을 쇠고 봄에 줄줄이 있는 안유백의 제사 때 써야 할 사과다. 그런 곳에 쓰고도 곳간의 사과는 남아 넘쳤다. 초여름까지 곳간을 버티다 사과는 곯아 문드러졌지만 노비들 누구도 곳간의 그 사과를 입에 대지 못했다. 쉬파리가 우글거리면 식초로 만들기에도 이미 늦은 때였다.

"아재는 왜 김홍도 아저씨처럼 우리가 서당에서 공부하는 것은 안 그리고 썩은 과일이나 파리, 모기, 거미 같은 것만 그려요? 김홍도 아저씨는 전에 대장간 아저씨들이 일하는 것도 그렸대요."

동이는 무덤 앞에 놓인 사과를 보며 묻는다. 사과는 굼벵이가 파먹은 흔적이 있고 밑동이 찍혀 거뭇하게 말라 있다. 동이는 방금 과수밭에서도 떨어져 썩은 사과를 꼬챙이를 뒤집으며 한참 동안 그 속에 꼬인 벌레들을 관찰하고 있었다. 동이가 꼬챙이로 사과를 뒤집자 벌레들은 후르르 날았다. 진물에서 생겨난 것이라고는 믿기지 않을 만큼 벌레들은 창백하고 말갰다. 풍장에 든 사과들은 모두 날벌레들을 게워 내고 있었다.

이 파리들은 무엇이란 말입니까? 그리고 이 썩은 것은 무엇입니까? 언젠가 안유백은 김홍도 앞에 펼쳐진 수리의 그림을 보고 따지듯 물었다. 안유백이 김홍도를 안 지 얼마 되지 않은 몇 년 전이었다. 모두들 수리의 그림을 추어올리는데 그 까닭을 모르겠다는 말투였다. 안유백이 수장한 중국 화가들의 그림들을 차례차례 펼쳐 보인 다음이었다. 중국 것이라면 고삐나 재갈은 말할 것도 없고 종지까지 사들이는 안유백이었다. 그날은 김홍도와 몇 명의 선비들이 초대되었다. 수리는 복숭아에 붙은 유충을 떼 내다 급히 활래정에 불려 왔다. 이놈이 수리입니다. 안유백은 소매 깃으로 땀을 닦고 있는 수리를 좌중에 소개했다. 여기 나리들께서 네 그림을 보고 싶어 하신다, 한 번 꺼내 보거라. 안유백의 목소리는 여느 때와 달리 기름졌다.

수리는 허리춤에 꿰 차고 있던 그림주머니를 헐었다. 손에 잡히는 대로 몇 장을 펼쳤다. 복숭아 씨앗 속에 벌레가 꼬물대며 파고드는 것, 나비가 거미줄에 걸려 버둥대는 것, 쪼개진 수박의 붉은 과육에 벌레들이 우글우글 꼬여 있는 것 등의 그림들이었다. 우리는 이미 구면이지요? 술상 맨 안쪽에 앉은 김홍도가 고개를 내밀었다. 언젠가 방 씨를 따라 그의 집에 가서 봤을 때의 모습에 비해 김홍도의 얼굴은 초췌하고 쇠약해 보였다. 멸해 가는 생명을 이토록 생명감 넘치게 표현한 그림쟁이는 조선에 없었소. 썩은 것이 이렇게 크게 호흡하는 듯한 그림도 처음입지요. 여기 이 그림도 그대 그림이오? 이것은 얼마 전에 제비바위골 어느 선비한테 내가 아끼는 두꺼비 연적과 바꾼 것이오. 김홍도가 내민 수리의 그림은 복숭아가 궤짝째 썩어 가는 그림이었다. 그 위로 쉬파리가 무더기째 그려져 있었다.

수리는 그의 그림을 두고 '멸해 가는 생명', '호흡' 따위의 어휘가 동원되어 설명되는 것이 신기했다. 그러나 그런 설명을 들은 뒤부터 수리가 붓질을 할 때면 머뭇거림이 잦았다. 썩은 과일을 그릴 때마다 멸해 가는 생명을 집어넣어야 할 것 같았고 그것에 호흡을 불어넣어야 할 것만 같았다. 썩고 물크러진 것은 바람과 시간의 분비물이라고만 생각했던 수리에게 김홍도의 설명이 괜한 텃검불로만 여겨졌다. 자, 한잔들 듭시다. 모두들 수리의 그림에 고개를 빠뜨리고 있자 안유백이 정적을 깨며 잔을 들었다. 수리는 얼른 그 자리를 벗어나 복숭아밭으로 달려갔다. 나무에 매달린 복숭아는 모두 벌레가 파먹은 듯 보였다.

"양기형아도 그림 잘 그린다요, 그 형아도 자기 아버지 닮았나 봐요."

"동이는 좋겠구나. 서당에서 공부도 하고 그런 형들과도 어울려 놀고."

"나 그 형아 집에도 가 봤어요. 형아 집에 그림 많아요."

수리는 방 씨를 따라 두어 번 김홍도 집을 찾은 적이 있었다. 싸한 묵향과 세월에 절어 있는 종이 냄새와 첩첩이 쌓인 화첩들에 눈이 어리둥절했다. 장정들이 둘러싼 틈에 사내 둘이 씨름하는 그림, 무동이 악단에 맞춰 춤추는 그림, 여인네들이 베 짜는 모습을 담은 그림 등 수묵담채 그림이 많았다. 그의 그림 중에 수리의 눈길을 잡아맸던 것은 '해탐노화도(蟹貪蘆花圖)'였다. 그림이 말보다 더 큰 말을 한다는 게 무슨 뜻인지 알게 했던 그림이었다. 게가 갈대꽃을 악문다는 김홍도의 발상도 대담했지만 거침없이 벌어진 게의 발이 눈길을 잡아맸다. 게는 제 디딜 곳이 어디인지 전혀 개의치 않고 터를 넓게 잡고 당당하게 발을 벌리고 있었다. 해룡왕처야횡행(海龍王處也橫行). '바닷속 용왕님 계신 곳에서도 나는야 옆으로 걷는다'라고 그림 위에 써 놓은 글씨마저 거침없는 필체였다. 힘 앞에 주눅 들어 버정거리며 앞으로 걸을 것이 아니라 천성대로 당당하게 옆으로 걷겠다는 게의 뚝심이 전해진 그림이었다. 묵 색깔이 짙고 두꺼운 갈고리 같은 게의 발이 그것을 말해 주었다.

"사과가 엿만큼 달달하다요."

동이 입안에 사과가 가득 찼다. 수리가 썩고 벌레 파먹은 곳을 깨물어 뱉어 내고 동이에게 건넨 사과다. 장시에 파과 망태기를 걸머메고 갈 때마다 금세 팔아 치울 수 있었던 것도 파과가 멀쩡한 과일보다 단맛이 짙었기 때문이었다. 수리의 파과를 사기 위해 장시를 찾는 단골은 갈수록 늘었다. 파과 더미에서 나온 벌레들이 바람에 휩쓸리는 것을 보는 것도 좌판의 재미였다. 손님을 기다리는 틈틈이 그린 그림들도 방 씨가 사 갔다. 파과 무더기와 연기처럼 그 위를 피어오르는 쉬파리 떼가 그려진 그림들이었다.

동이의 누비무명 저고리는 얇아 보인다. 지는 해에 비친 동이의 눈동자는 구슬처럼 맑다. 수리가 동이 앞에 등을 내밀자 동이는 그의 등을 피해 앞서 걷는다. 서당에서 가장 나이가 어린 동이는 얼른 형이 되는 게 꿈이라고 했다. 수리에겐 열 살짜리 동이가 아기처럼 보일 뿐이다.

웅덩이 옆 돌감 밭에서 아이 몇이 작대기로 감나무 가지를 내리친다. 나뭇잎이 다 떨어진 감나무에 매달린 감은 푸른 하늘과 대비되어 더욱 선명하다. 밭두렁 사이에 떨어져 터진 감 주위로 날벌레들이 뱅뱅거린다. 수리는 아이들에게 몇 남지 않은 감을 까마귀나 까치 먹이로 두라는 소리를 하지 못한다. 야산의 주인 없는 감나무가 아니면 아이들이 작대기질 할 만한 과일 나무도 없다는 걸 잘 알기 때문이다. 안유백은 녹아내려 쉬파리가 들끓어도 노비들에게 곶감 하나 맛보이지 않았다. 저만치 앞서 걷는 동이의 머리가 억새 덤불 사이로 보였다 가렸다 한다.

오동각 앞뜰은 오랜만에 와 보는 곳이다. 과수밭을 맡고부터 오동각에 올 일은 거의 없었다. 안유백 장남이 혼례를 치른 뒤부터 내안은 교전비와 어린 시중꾼이 드나들었다. 수리는 더 이상 장남의 친구가 되어 주지 않아도 되었다. 철마다 구기자, 해당화, 능소화가 피고 지는 오동각의 뜰을 지나칠 때면 잠시 딴 세상에 온 것 같은 기분에 잠기기도 했다. 어린 시절, 안유백 장남과 함께 오동각 연못가에서 논 기억이 새롭다. 겨울에는 장남의 방을 데우기 위해 방 안까지 드나들기도 했다. 다듬이질이 된 이불 홑청에서 밀가루풀 냄새와 햇볕 냄새가 났다. 군데군데 헝겊 쪼가리를 덧대 기운 바늘 자국과 땀내가 밴 수리의 이불에 비한다면 그것은 이불이 아니라 목화 꽃송이였다. 겨울철, 이부자리를 데워 주기 위해 누웠다가 깜빡 잠이 들어 장남이 들어오면 도망치듯 이불 속을 빠져나오곤 했다. 수리의 오두막집을 향하던 밤에 칼바람이 드셌던 기억도 새롭다.

"과연 길일이로구나!"

안유백은 바람을 떠안듯 양팔을 벌리지만 오동각 대청 안은 바람이 들지 않았다. 바람은 불지만 초겨울답지 않게 포근하다. 우묵한 사방관에 각띠 두른 둥근 깃 담홍포는 살집이 푼더분한 안유백의 풍채와 어울린다. 이마에 바짝 조여 맨 망건, 하얀 옥 관자는 관아의 높은 벼슬아치의 자태와 비슷했지만 그는 벼슬 과 거리가 멀었다. 진사 출신이었던 그의 할아버지 때문에 그의 집은 지금까지 '진사댁'이라고 불리지만 안유백은 진사는커녕 말단 미관직에도 앉지 못했다. 그는 오랫동안 과거에 매달렸지 만 번번이 고배를 마셨다. 그의 두 아들도 아직 과거에 연연하 지만 그들은 내아나 사랑에 있는 날보다 활쏘기나 사냥하는데 더 많은 시간을 보내는 듯했다.

"시간이 많이 흘렀는데 아직 멀었느냐?"

"곧 완성됩니다."

안유백은 목을 자라처럼 뺐다 넣었다 하며 어깨를 뒤튼다.

수리는 화구 틀을 받침대에 놓고 다시 먹물에 붓을 찍는다. 안유백은 비단에 백분을 칠해 놓은 것과 초록, 흰색, 빨강, 등의 천연 물감과 아교까지 준비해 두었다. 여태까지 비단화폭에 초 상화를 그렸으니 한 번쯤 화선지에 그려 보는 것도 괜찮을 것 같다고 했으나 안유백은 그 말을 듣지 않았다.

초상화는 그 사람의 정신을 그리는 거라 했겠다? 이목구비 를 그리는 것보다 더 중요한 것이 그 사람에게 흐르는 기운을 드러내야만 진정한 초상화라? 어제 늦은 밤에 안유백은 수리 를 찾아왔다. 안유백의 철릭 자락이 펄럭이자 호롱불이 일렁였다. 그는 어디를 다녀오는 길인 듯했다. 파란 공단의 철릭은 호롱불빛에 비쳐 얼룩덜룩하게 보였다. 수리는 초상화를 그리는 데 규칙이나 방법이 따로 있다는 말을 들어 본 적 없으므로 그의 말을 가만히 듣고만 있었다. 수리는 상두 이마에 난 불구멍을 때우는 작업을 막 끝내고 그림을 방 가운데 두었다. 쌀가루를 섞은 물을 뿜은 화선지를 볕에 말려 불에 그슬린 그림을 붙였다. 구멍 난 상두 이마가 메워졌다. 새끼라도 꼬고 했어야 할 시간에 저놈이 들판에서 저러고 있었단 말이지? 안유백은 그림 속의 상두를 향해 혀를 찼다. 초상화는 이번 내 생일에 초대되어 온 손님에게 보일 것이니 네 가진 솜씨를 최대한 발휘해 보거라, 그럼 내일 오동각에서 기다리겠다. 비록 노비일망정 집안에 초상을 치른 지 겨우 닷새밖에 지나지 않았는데 초상화는 다음에 그리면 안 되겠냐고 수리는 안유백의 뒤통수를 바라보며 물었다. 안유백은 일부러 갑산까지 가서 용하다는 점쟁이한테 초상화 그릴 기일을 뽑아 온 것이라고 힘줘 말하면서 발등거리를 들고 앞서 걷는 행랑머슴의 뒤를 따라 총총 걸어 나갔다.

"김 화원이 내 초상화를 거절한 까닭이 그가 내 정신을 읽을 줄 몰라서 그런 것이란 말인가?"

"김 화원이 왜 나리 초상화를 그리지 않겠다고 했는지 소인은 잘 알지 못합니다."

수리는 화구 틀을 무릎에 얹으며 대답한다.

"내 집에 너 같은 그림쟁이를 두고 굳이 그 꼬장꼬장한 김 화원한테 내 초상화를 청할 것은 무언가. 제까짓 것 어전 출신이면 뭐해, 제 아들 서당 월사금도 못 내 설설 매는 주제에. 빈대 바글대는 제 집에 오천 냥이 어디라고 그걸 마다한단 말인가, 고작해야 중인 출신인 주제에 도도하기는!"

안유백은 김홍도가 오천 냥에 초상화를 그려 줄 것이라 믿었다는 말투다. 수리는 어화를 그리라는 임금의 명령을 거절했다가 삭직까지 당한 조영석 이야기가 생각났지만 그런 이야기가 무슨 소용인가 싶었다. 조영석이 알량한 기예를 내세워 갖은 술수를 동원해 화원 자리를 메운 화공들 틈에 끼어 있기 싫어서, 그들과 함께 말단 기예를 펼치고 싶지 않아서 임금의 명을 뿌리쳤다는 이야기는 장시의 상인들까지도 아는 사실이었다.

"그 사람 아내가 삯바느질로 겨우 식구들 끼니를 때운다는 사실은 알 만한 사람 모두 아는데 고고한 척은!"

수리는 김홍도가 규장각 화원을 그만두고 나오면서 서민들의 생활상을 주로 화폭에 담을 것이라고 말했다는 사실은 선비들과 한담 중 몇 번이나 오갔는데 듣지 못했냐고 물으려다 참는다.

"나리께서 말씀을 자꾸 하시니 입매가 흐트러집니다."

"흠흠!"

안유백이 헛기침을 하자 그의 눈가는 엷은 경련이 일고 버성긴 수염마저 파르르 떨린다. 퉁방울 같은 눈, 불거진 광대뼈, 뭉툭한 코, 얇은 입술, 처진 볼과 각진 턱을 덮은 텁수룩한 수염 등은 쉰한 살이라는 그의 나이보다 더 많아 보인다. 미친 늙은 이! 상두는 안유백을 미친 늙은이라고 부르는 것을 서슴지 않았다. 안유백이 덕이의 방에서 나오는 것을 지켜본 상두는 두 주먹을 쥐고 부르르 떨었다. 안유백이 덕이 방을 거쳤다 나온 다음 날이면 안유백 아내는 덕이를 괴롭혔다. 그의 아내는 끼니를 굶기면서 덕이에게 하루 종일 물을 긷게 했다. 상두는 괴롭힘을 당하는 덕이가 안쓰러워 어서 그녀와 혼례를 치르고 싶다고 했다. 그러나 안유백은 두 사람의 혼례를 허락하지 않았다. 미친 늙은이! 언젠가는 내가 죽여 버릴 거야. 불끈 쥔 상두의 주먹은 돌덩이 같았다.

"아직도 멀었느냐?"

안유백은 목을 좌우로 돌리며 소리 지른다.

"다 됐습니다."

수리는 화구 틀을 들고 일어선다.

"어디 보자꾸나."

안유백은 용포의자에서 일어나 수리 쪽으로 걸어온다. 초상화가 궁금하기도 했겠으나 오랜 시간 의자에 앉아 결박되다시피 했던 몸을 놀려야 할 것이다.

"이것이 무엇이냐?"

"나리 초상화입니다."

화구 틀을 받아 든 안유백의 손이 부들부들 떨린다.

"화폭 가득 시커멓게 칠해진 이것이 무엇이냐고 물었느니라!"

"나리 초상화입니다."

"온통 먹물로 칠한 이것이 내 초상화라고? 정녕 네놈이 실성을 한 것이로구나, 네 이놈!"

안유백의 눈망울은 금방 튀어나올 듯이 부리부리하다.

"대체 이것이 무엇이냐 말이다!"

"나리 초상화입니다. 나리에게 느껴지는 기운을 잘 살려 그린, 나리 초상화입니다. 초상화란 그 사람 언저리를 맴도는 기운을 읽어 내는 것이라고 나리께서도 분명 말씀하셨습니다. 저는 나리를 맴도는 기운을 그대로 그렸을 뿐입니다."

"똥파리 같은 사람들이 너를 오냐오냐 추켜세워 줬더니 네가 기고만장해져 눈에 뵈는 게 없는가 보구나! 이것이 어째서 내 초상화란 말이냐!"

"나리 눈엔 이것이 검은 바탕으로만 보이십니까? 소인의 눈엔 쉬파리들이 빈틈없이 빽빽하게 꼬여 있는 것으로 보입니다. 나리께서는 혹시 비문증이라고 들어 보셨는지요? 눈 한쪽 망막에 검은 점이 있어 언제나 파리 한두 마리가 날아다니는 것처럼 보이는 병이지요. 나리는 모르셨겠지만 저는 오랫동안 비문증을 앓고 있었습니다. 그런데 제가 앓는 비문증은 이상하게도 푹푹 썩은 것만 보면 온통 파리가 바글바글 들끓는 것처럼 보입니다."

"에잇!"

안유백이 그림을 바닥에 패대기치자 화구 틀이 부서진다. 틀
에서 떨려 나온 비단화폭은 바람에 들썩인다. 아직 덜 마른 먹
물 탓에 화폭은 진드기처럼 바닥에 처져 있다.

"거기 아무도 없느냐!"

안유백의 고함은 허공에 쩌렁쩌렁 울린다. 집안 노비들 모두
내일 안유백의 생일잔치 준비에 바쁠 터였다. 어디선가 구부정
한 장 노비가 느릿느릿 걸어온다.

"뭐하느냐, 이놈을 묶지 않고!"

수리는 대청을 내려선다. 바람이 휩쓸고 지나가자 오동잎이
떨어진다.

해설

불안한 균형, 일상과 비일상의 경계에서

황국명(문학평론가)

1. 예술의 초월성과 정치성

선사시대의 예술, 예를 들어 높은 암벽에 새겨진 암각화나 동굴의 수직벽에 그려진 벽화를 보면, 예술이 배부른 자의 소일거리라 함은 터무니없다. 형상을 담아낸 장소나 위치가 일상적으로 손쉽게 접근할 수 없는 곳이고 보면, 예술은 남아도는 시간의 심심풀이가 아니라 때로는 목숨도 걸어야 했던 행위로 보인다. 물론 혈거시대의 예술가에게 오늘과 같은 예술적 자의식이 있었는지 혹은 직접적인 생존과 무관한 예술행위에 목숨을 걸 만한 가치가 있다고 믿었는지 확인할 길은 없다. 선사시대의 예술가는 공동체로부터 새기고 그릴 권한을 위임받은 임명예술가일 가능성이 크다. 공동체로부터의 인정이 예술가 개인의 유리한 평판을 입증하지만, 동시에 예술적 명성은 그 대가로 개인적 일상의 희생을 요구한다. 이런 맥락에서, 예술적 명성과 일상의 희생 사이의 길항에 예술가의 근원적인 곤경이 있다고 할 만하다.

오늘날의 소설가 또한 이런 곡경에서 예외일 수 없다면, 이병순의 창작집 『끌』을 일상성과 비일상성 사이의 긴장이라는 관점에서 읽을 수 있겠다. 이병순이 2012년 신춘문예로 등단한 늦깎이 소설가임을 고려하면, 첫 성과물의 몇 작품에서 특별히 문학 혹은 예술에 관한 숙고를 전면화한 것은 꽤 이채롭다. 현대의 소설가는 공동체의 임명예술가도 아니라면, 자신의 창작 행위나 창작품이 세계에서 어떤 의미와 가치를 갖는지 자문하는 일은 위험한 만큼 유혹적인 과제일 것이다. 그 과제는 소설 쓰기의 이유를 발견하는 일과 관련되기 때문이다.

「부벽완월」과 「비문」은 일종의 예술가소설이다. 전통적인 예술가소설처럼 미숙한 주인공이 예술적 성숙과 발전에 이르는 과정을 담은 것은 아니지만, 예술의 목적, 예술과 정치(도덕)의 관계, 예술가의 사회적 역할 등 전통적인 미학의 문제와 무관하지 않다는 점에서, 이들 두 단편은 예술가소설의 범주에 속한다.

「부벽완월」은 고려 말 묘청의 난을 평정한 김부식이 서경에 머물면서 자신이 제거한 정지상과의 운명적인 어긋남을 회상하는 이야기이다. 당시 문단의 쌍벽을 이룬 것으로 알려진 김부식과 정지상의 경쟁적 관계는 여러 가지 설화 속에 반영되어 있는

데, 특히 부식이 시기심 때문에 경쟁자 지상을 죽였고, 음귀가
된 지상이 부식에게 원풀이를 하였다는 '백운소설'의 일화가 대
표적이다. 이런 입소문은 당시 문인들뿐 아니라 민중들에 의해
말로써 이루어진 사회적 제재이며, 사후적으로 정지상에게 승
리를 부여한 것이라 할 만하다.「부벽완월」에서 서술자 역시 기
존의 일화를 참조한다. 그러나 서술자는 부식이 지상을 살해한
것을 역사적 사실로 수용하되, 그 이유나 동기가 시기심에 있다
는 문인들이나 민중의 평가를 수용하지 않는다.

> 부식이 왕명을 어기면서까지 지상을 죽인 것을 두고 그를 향
> 한 시기심 때문이라는 말들이 떠돌았다. 변명하지 않았다. 시
> 기심에 사로잡혀 지상을 죽였다는 말은 틀렸다. 나라를 더
> 혼란에 빠뜨리지 않으려면 부식이 그때 지상을 죽일 수밖에
> 없었다는 것을 잘 알고 있으면서도 사람들은 흉흉하게 부식
> 을 몰아갔다. 지상을 향했던 순정한 동경과 그를 품었던 절
> 절한 마음을 욕되게 하지 않으려면 어떤 소문에도 의연해야
> 했다.

묘청의 난을 조선 천년래 대사건으로 간주한 신채호에게 김
부식은 사대주의자를 대표하는 민족의 적이지만, 조선 후기 실
학자인 안정복은 『동사강목』에서 김부식의 행위를 춘추대의에
의해 난적을 죽인 것이라 기술한 바 있다. 위 인용에서 정지상

제거의 정치적 불가피성이 드러나지만, 서술자의 초점은 그런 불가피성에 있지 않다. 부식에 대한 세상의 소문이 틀렸고 부식은 지상을 향해 순정한 마음을 품었다고 강조하기 때문이다. 물론 서술자는 문학적 성취의 측면에서 김부식의 '시기심'을 표나게 드러낸다. "아무리 애를 써도 지상의 경지에 닿지 못한다는 자각" 때문에, 김부식은 정지상을 맹렬하게 미워한다. 질투심이 이미 가진 것을 경쟁자에게 빼앗길지 모른다는 두려움이나 불안을 포함한다면, 시기심은 간절히 원하지만 자신이 갖지 못한 것을 소유한 사람에 대한 악의나 미움이다. 달리 말해, 시기심은 타인의 우월함에 대한 불쾌나 악의라고 할 수 있다. 지상의 탁월한 시적 경지를 시기한 부식의 마음이 그러하다.

지상의 시를 폄하하면서도, 부식은 백성의 안위를 걱정하는 자신의 계몽적 시에서 "골샌님 냄새"가 나고 "경전과 시문의 경계가 모호하다"는 시평을 수용한다. 그래서 지상의 '대동강'을 수십 번씩 필사함으로써 부식은 추체험을 통해 동질의 시적 경험에 도달하고 자신의 한정된 체험세계를 확장하고자 한다. 다른 한편, 부식은 자신을 극단적으로 낮추면서 지상을 문학적 스승으로 섬기려는 태도를 드러낸다. 그는 지상의 가르침을 원하고, '좋은 시'를 쓸 수 있다면 어떤 '굴욕'도 "감내할 각오"가 되어 있다. 이렇게 볼 때, 정지상의 시를 이해하는 과정은 김부식의 자기성찰 과정이라 할 수 있다.

그런데 「부벽완월」에서 흥미로운 것은 지상을 향한 부식의 순정한 동경과 공경하는 마음이 언제나 '퇴짜'를 맞는다는 점이다. 윤언이와 함께 부식을 조롱하고 비꼬는 지상의 태도가 문벌귀족에 대한 적대와 서경천도 문제와 무관하지 않다면, 이들의 과도한 공개적인 모욕은 자신들의 정치적 힘을 과시한 것과 다를 바 없다. 이런 맥락에서 보면, 시가 아니라 서경천도의 필요성을 강조하고 민족번창을 내세운 정지상은 김부식과의 관계에서 시보다 정치를 우위에 둔 정치가로 행동한 셈이다. 정치가로서의 정지상에게 김부식과의 관계는 선점한 자와 누리지 못한 자라는 제로섬게임에 접근한다. 그렇기 때문에, 지상은 시인이 아니라 "위험한 모사꾼"으로 정치적 죽음에 이르며, 부식은 정치적으로 승리한다.

지상에게 도참사상은 정치적 미혹일 것이다. 김부식이 그렇게 모욕과 상처를 감내하면서 시에 매달리는 이유를 이해하지 못한 것도 이와 무관하지 않다. 그러나 정지상과 달리, 자기성찰 과정에서 김부식은 자신의 습작품을 보잘것없는 '낙서 나부랭이'이라고 과장되게 비하하고, 심지어 "지상의 하품을 시로 만들어 세상에 내놓는 게" 자신의 '화두'라고 여긴다. 정적들로부터의 조소와 경멸 등 평판의 손실을 감수하는 부식에게 정치보다 시가 우위에 있다고 할 만하다. 그렇기 때문에, 심지어 그는 "지상의 반만이라도 시를 쓸 수 있다면 모든 것을 다 버릴 수"도 있다고 생각한 것이다.

시를 위해 모든 것을 버릴 수도 있다는 문학적 열망은 지상과 그의 시를 독보적인 경지로 한껏 높이는 결과에 이른다. 문제는 부식이 부러워한 지상의 시적 경지가 어떠한 것인가에 있다. 달리 말해, 부식은 어떤 시, 어떤 예술을 열망한 것인가? 시가 백성을 주인공으로 삼고 백성의 무지를 깨우치는 그릇이라고 믿는다면, 김부식은 시(문학과 예술)의 정치화를 추구해야 한다. 이는 유교합리주의자로서 부식의 온당한 경로일 것이다. 그러나 「부벽완월」에서 김부식은 선경후정의 대구를 절묘하게 지어내는 지상의 감각적인 언어 구사력에 매혹되어 예술적 시문의 경지를 동경한다.

저 홀로 발아되어 꽃을 피운 가요처럼 지상의 시들도 모두 제 흥에 겨운 시들이었다. 지상의 시 어디에도 세상과 엮이고 싶은 마음은 서려 있지 않았다. 그럼에도 불구하고 지상은 세상의 한복판에서 쓰러지고 말았다.

자율적 유기체인 꽃이 그러하듯, 시(인)에게 외적 규범을 강제할 수 없다. 지상에게 시는 경전과 달리 비작위(非作爲)이며, 뭇 야생이 스스로를 표현하고 저절로 흘러넘친 것과 같다. 지상의 시에 대한 김부식의 이런 이해가 타당하다면, 세상과 엮이고 싶지 않다는 지상의 시가 권력을 모방하거나 세상을 재현할 수는 없을 것이다. 지상의 시는 자기 시대의 결정력에서 벗어나 자유로우며, "만화방창의 덧없음"을 깨달았다는 것처럼 시간과 현실의 건너편, 곧 피안에 이르는 도정에 있다.

> 나는 내게 피안을 주려고 시를 쓰오. 뇌천께서도 뇌천 자신
> 을 움직이는 시를 쓰시오. 세상 눈치를 보기 시작하면 이미
> 그건 시가 아니라 헛소리지요.

'세상 눈치'를 보는 시는 세상에 아첨하는 시가 되기 십상이
다. 아첨하는 시인은 세상의 평가에 연연하고 그래서 세인에게
싫은 소리를 하지 않는다. 이런 시는 스스로의 가치를 평가하지
못한다는 점에서 '헛소리'이고, 세평을 얻어 명망을 유지하려는
점에서 허영심의 과시에 불과하다. 그렇기 때문에, 지상에게 시
는 자신에게 피안을 주기 위한 것, 즉 자기 자신을 위한 시이다.
역사나 정치의 건너편, 곧 피안을 추구하는 데 정지상 시의 요
체가 있다고 믿었다면, 김부식은 정치조차 예술화하고, 삶도 예
술을 모방해야 한다고 말한 것이 아닌가.

지상에게 도참사상이라는 정치적 미혹이 있다면, 삶이 예술
을 모방해야 한다는 '심미주의'는 부식이 사로잡힌 예술적 미혹
이라 할 만하다. 「비문(飛蚊)」의 최수리는 이런 예술적 미망에서
벗어나 세상의 위험에 자신을 직접적으로 노출한 예술가라 할
수 있다.

타락한 양반 안유백의 노비인 수리는 자신의 작품에 대해 엄

숙한 태도를 드러내거나 자신의 예술적 행위에 대해 특권을 주장하지 않는다. 파과와 벌레를 소재로 삼아 "바람과 시간의 분비물"을, 자연사에 복종하는 생명을 그리는 수리에게 김홍도의 극찬도 '뒷검불'로 여겨질 뿐이다. 17세 때부터 "종일 일해서 구하고자 하는 것이 기름, 쌀, 옷감 따위라면 인생만큼 싱거운 것도 없다"고 생각한 것처럼, 수리는 개개인이 만족과 행복을 발견하는 일상적 삶에 대해서도 거리를 둔다. 이런 이해가 가능하다면, 맑고 고요한 표정의 상두 초상은 수리가 자신이 속한 집단의 고통을 자각한 결과가 아닐 것이다. 상두의 얼굴은 고통받고 박탈된 얼굴일 수 없기 때문이다. 수리는 상두의 얼굴을 민중의 얼굴로 정형화하는 데 어떤 관심도 보여주지 않는다.

그러나 수리는 예술적 경험과 그 기록에 대한 개인적 사회적 압력에 직면한다. 수리의 그림을 된장독 덮개로 쓰거나 불쏘시개로 사용하는 안유백의 억압이 그러하다. 잔인한 주인 안유백은 수리의 동료이자 도망 노비인 상두를 놓아주는 조건으로 초상화를 그리도록 요구한다. 그러나 붙들린 상두는 모진 매질 끝에 자결하고, 수리는 화폭 가득 검은 먹물만 칠해진 것을 초상화라고 제시하여 안유백의 격분을 산다.

나리 눈엔 이것이 검은 바탕으로만 보이십니까? 소인의 눈엔 쉬파리들이 빈틈없이 빽빽하게 꼬여 있는 것으로 보입니다. 나리께서는 혹시 비문증이라고 들어보셨는지요? 눈 한쪽 망막에 검은 점이 있어 언제나 파리 한두 마리가 날아다니는 것처럼 보이는 병이지요. 나리는 모르셨겠지만 저는 오랫동안 비문증을 앓고 있었습니다. 그런데 제가 앓는 비문증은 이상하게도 푹푹 썩은 것만 보면 온통 파리가 바글바글 들끓는 것처럼 보입니다.

위 인용에서 수리의 비문증을 일종의 유비로 이해한다면, 예술가는 눈에 헛것이 낀 존재이고 예술은 헛것보기라는 뜻으로 풀이할 수 있다. 예술이 헛것보기라 함은 예술이 현상을 재현하거나 권력에 봉사하는 것이 아니라 감춰진 진실을 보는 행위라는 뜻이다. 현상 이면의 진실을 폭로한다는 의미에서, 헛것보기로서의 예술은 현실에 대한 폭력이다. 달리 말해, 예술적 진실은 폭력적 진실이다. 그런데 세계의 감춰진 진실이란 안유백이 보여주듯, 부패와 타락, 거짓과 폭력이다. 진실을 그린다는 것은 그 진실이 타락과 거짓임을 드러내는 것과 같다. 따라서 수리의 예술은 세계의 폭력에 대한 폭력이며, 현실적 위험에 자신을 노출하는 행위이다. 그 예술적 산물이 안유백의 검은 초상화이다.

초상화의 이차원적 평면성을 보면, 그 주체가 관객의 시선에 무방비로 노출되어 아무것도 감출 수 없는 것처럼 보인다. 그런데 이를 다른 관점에서 보면, 초상화의 주인은 오불관언의 태도로 관객의 시선을 무시한다고 할 수 있다. 달리 말해, 관객에게 아무것도 감추지 않는 듯한 무관심은 관객에 대한 권위나 지위를 표시한다고 할 수 있다. 어진(御眞)이나 정경대부의 초상화도 우월한 권력에 대한 관객의 반응을 염두에 둔 표현이며 관객에게 존숭이나 경배를 요구하는 잉여적 명령일 수 있다. 안유백이 초상화에 그토록 매달리는 것도 이런 우월성 때문일 것이다. 이런 의미에서, 수리가 그린 검은 초상화는 사회적으로 할당된 얼굴의 권력을 뭉개는 것, 들뢰즈의 말로 '기관 없는 신체'로 무화시키는 것과 같다.

수리의 검은 초상화는 예술가를 비유적 의미가 아니라 실제로 위험에 노출시킨다. 얼굴에서 마음을 찾는 특별한 기술이 없었다면, 얼굴 기관들의 유기적 통일성을 무화한 먹물 단색화는 인색하고 탐욕스러운 안유백에 대한 민중들의 평판을 수용한 결과일 것이다. 동료의 고통에 연민을 느끼고 예술보다 인간을 더 가치 있게 여기기 때문에, 위험을 무릅쓰고 안유백의 얼굴을 지워버렸을 것이다. 그러나 검은 먹물로만 채워진 화폭은 예술이 아니라 차라리 반(反)예술이라 하지 않겠는가. 형상이 없는 단색화는 한편으로 안유백의 타락한 권위에 대한 예술적 폭력이지만, 다른 한편 현실과 직접적인 관계를 맺고 세상사에 깊이 연루될 때 예술이 불가능하다는 역설을 드러내지 않겠는가.

두 예술가소설을 조금 거칠게 요약하면 이렇다. 「부벽완월」에서 예술가(시인)는 자신의 손톱을 다듬고 있는 무심한 신처럼, 민중의 운명과 변별될 수밖에 없다. 그러나 작가 이병순은 시대의 결정력을 무시한 심미적 예술의 위험을 인식한 듯하다. 김부식이 술회한 것처럼, 정지상이 세상의 한복판에서 쓰러졌다는 것은 예술의 사회문화적 조건에 대한 통찰이라 할 것이다. 「비문」에서 민중의 운명과 다르지 않은 예술가(화가)는 예술의 정치적 의의를 드러내지만, 이병순은 현실의 장력을 직접적으로 전복하려는 예술의 위험도 충분히 인식했을 것이다. 검은 초상화가 예술에 반(反)하거나 미달일 수 있음을 암시한 이유가 여기에 있음직하다. 이렇게 본다면, 작가 이병순은 예술의 초월성과 예술의 정치성 사이에서 격렬하게 동요하면서 균형을 추구한다고 하겠다.

2. 일상과 탈주 충동

이병순의 소설에서 현실의 장력과 불편한 관계를 맺는 것은 예술가만이 아니다. 이병순의 작중인물들은 대개 삶과의 불안한 균형을 간신히 버티며, 남녀관계에서도 일상에 균열을 초래할 만한 내적 충동이 드러나는 경우가 많다. 특히 아내의 외도로 인한 남편의 고통을 다룬 「끌」이나 아내의 성적 배신이라는 망상을 다룬 「슬리퍼」가 그러하다.

「끌」의 남성서술자 나는 40대 중반의 목공예 장인이다. 그는 값싼 수입가구가 넘쳐나고 "질보다 메이커를 따지는 세상"으로부터 점차 밀려나지만, 자본주의 사회에서 자신의 노동이 놓인 남루한 위치나 가난을 면치 못하는 삶이 그를 특별히 괴롭히는 것은 아니다. 문제는 백화점 문화센터에 수필을 배우러 다니던 아내로부터 성적 배신을 당한다는 데 있다.

> 아내는 추궁도 의심도 할 기회마저 주지 않고 놓아 달라는 말과 미안하다는 말만 했다. (…) 그러나 아내에게 품었던 고마움과 미안함은 내 분노와는 결코 맞먹지 못했다.

'분노'의 감정은 대상을 해치거나 처벌하려는 의도의 강력한 신호이다. 분노는 자신이 받은 고통에 대한 반응이며, 타인에게 고통을 떠넘기려는 충동이다. 이런 고통 전가는 폭력과 연관될 수밖에 없는데, 즉각적이고 직접적인 보복, 지연된 복수, 엉뚱한 대상을 향한 화풀이가 대표적이다. 「끌」의 남편 또한 드러난 아내의 외도에 대해 앙갚음하고자 한다. 그는 죽음에 값하는 아내의 고통을 상상하면서 "감쪽같이 해치우는 데는 평끌한 자루면 충분"하다고 살의를 품기도 한다. 이런 살의는 아내를 처벌하기 위해 어떤 비용이라도 기꺼이 지불하겠다는 비합리적인 감정이다. 비용이 클수록 분노의 진정성이 보증되고, 비합리성 때문에 분노는 믿을 수 있는 신호가 된다.
　그러나 남편은 물리적 형태의 폭력으로 아내를 처벌하지 않는다.

서랍장 생채기를 화심으로 삼아 꽃을 갉작갉작 그린다. (…) 생채기는 꽃으로 피어났다.

화심(禍心)이 남을 해하려는 마음이라면, 화심(花心)은 꽃의 한가운데, 곧 아름다운 여자의 마음을 비유한다. 후자의 의미로 보면, 남편은 자신의 분노를 갉질함으로써 상처를 꽃으로 승화시킨 셈이다. 프로이트의 설명처럼, 남편은 사회적으로 용인되지 않는 공격성을 수용할 수 있는 활동으로 전환함으로써 자신을 치유하고 정화한다고 하겠다.

그런데 의식의 개입 없이 문제를 즉시 해결하는 데 감정의 목적이 있다면, 「끌」은 아내의 출분에 대한 남편의 분노, 인간의 본성에 깊이 박힌 본성을 과소평가하는 것처럼 보인다. 감정표현이나 감정에 대한 태도에서 각 문화권이 특유의 가변성을 갖는다 해도, 아내의 부정을 용인하는 문화는 별로 없다고 말해진다. 질투(嫉妬)라는 한자어가 질투를 여성의 전유물, 여성 특유의 병질처럼 보이게 하지만, 여성의 성적 부정에 대한 남성의 질투심이 훨씬 큰 이유도 여기에 있다.

그렇다면 아내의 성적 일탈에 대한 남편의 초연한 태도가 어떤 맥락에서 비롯되는가를 살펴볼 만하다. 목공예 장인인 남편의 일은 손과 직접적 관계를 맺는다. 목공일의 감각적 직접성은 수필쓰기의 언어적 간접성과 날카롭게 대비된다. 그래서 남편은 "때를 묻혀" 오는 "아내를 꼬드겨 낸 것은 수필"이라고 판단한다. 이는 아내의 어법을 '모호한 어법'이라 한 것처럼, 남편이 아내의 글쓰기 욕망을 지적 허영으로 간주함을 보여준다. 남편은 수필보다 아내를 많이 안다고 자부하기 때문이다. 그러나 그가 아내의 모든 것을 안 것은 아니다.

나무는 끌 맛을 안다. 끌날이 제 살갗에 파묻혀 오면 어떻게 갈라지고 쪼개질 것인가를 진동으로 안다. 끌 자루를 잡은 손이 떨렸다 하면 나무는 앙탈을 부리며 제멋대로 틀어지고 쪼개진다. 가구 생채기에 꽃문양을 덧새길 때는 서두르면 안 된다. 무협지 한두 권 읽을 만한 짬이 있어야 하고 끌 자루에 쏠린 힘을 덜어 낼 줄 아는 요령도 있어야 한다. 애끓게 하는 여자 마음을 비집고 들어가듯 나무를 톡톡 두드리고 달래면 꽃은 음양까지 드러내며 피어날 것이다.

남편은 끌과 나무의 관계를 자신과 아내의 관계처럼 이해한다. 이 관계는 가학적인 남성과 수동적인 여성이라는 낡은 관계가 아니다. 끌이 나무 맛을 볼 뿐 아니라, 나무도 '끌 맛'을 보기 때문이다. 남성(끌)은 두드리고 달래며 여성(나무)의 마음을 얻기 위한 노력하지만, 그러나 여성은 드러내면서 동시에 감춘다. '함석류'라는 이름처럼, 아내는 스스로 "속을 드러내고서도 투명함으로 속을 싸고 있"다. 남편은 "나무를 어루만지며 묵묵하게 연장을 만지는 내가 좋았다"는 아내의 말조차 '거짓말'이라고 여긴다. 그러나 아내에게 가족, 재산, 지위 등 얻은 것을 고정하려는 일상적 욕망이 없다면, 아내의 말은 거짓이 아닐 것이다. 아내는 자기 몫의 소유물에 무릎을 꿇는 것이 아니라 여러 가지를 좋아했을 뿐이다. 욕망에 따라 언제든 새로운 가구를 들여놓는 것처럼, 여성은 새로운 관계의 '환상'을 키운다. 새로운 "주소가 생길 때까지" 떠도는 영란 또한 구도자의 뜻을 지닌 찻집 '아드반' 주인의 '내연녀'가 아니던가.

이런 해석이 가능하다면, 「끝」에서 분노를 삭여내는 남성서술자는 여성의 욕망을 대신 드러내는 복화술사라 할 수 있다. 남성작가는 여성서술자를 내세워도 남성의 욕망을 드러내며, 이런 복화술은 여성의 목소리에 대한 문화적 억압이라고 엘리자베스 하비가 지적한 것처럼, 작가 이병순은 남성서술자의 입을 통해 공공연하게 말할 수 없거나 침묵을 강요받은 여성의 욕망을 암시한다고 하겠다.

사회심리학자의 연구에 따르면, 상처를 받은 후 즉각 보복하지 못한 사람은 무고한 제삼자에게 공격적으로 대응할 가능성이 높다. 프로이트가 방어기제의 하나로 지적한 전치(轉置)가 그러한데, 이는 분노를 자아내는 근원을 직접 공격할 수 없을 경우 공격성을 다른 대상에게 돌리는 행위이다. 이런 행위를 보여주는 인물이 「슬리퍼」의 피아니스트 K이다.

K는 근거 없이 아내를 의심하며 간헐천처럼 폭력을 행사한

다. 그의 의처증은 어머니의 성적 위반에 근원을 둔다. "아내를 친한 친구에게 빼앗긴 모욕감과 분노"를 견디지 못한 K의 아버지는 어린 K를 할아버지에게 버려두고 미국유학을 선택한다. 그렇다면, 성장기에 겪은 어머니, 즉 여성의 배신이 K에게 정신적 외상을 입혔다고 추론할 수 있겠다. 오직 피아노만을 '말 상대'로 삼아 "차세대 신예 피아니스트"로 명성을 얻지만, 그가 예술로써 고통을 승화했다기보다 세상을 향해 귀를 닫고 여성을 통째로 원수로 삼았을 가능성도 적지 않다. 그렇기 때문에, 배신의 기억에 사로잡힌 그는 공격자로 변모하여 아내에게 고통을 떠넘기는 것이다.

그렇다면 남편의 의처증은 전혀 근거가 없는 병리적 질투에 불과한가? 이와 관련하여 K의 아내를 살펴볼 만하다. 아내의 졸업연주회 게스트였던 K는 뒤풀이 자리에서 지금의 아내에게만 특별한 호의를 표시했고, "든든한 발판"이 되어주겠다며 청혼한다. K가 음대생 집단 속에서 특정한 누군가를 포착하고 분리해내었다면, 그 누군가는 그럴 만한 매력을 지녔을 것이다. 실제로 부부모임에서 아내의 '미모'가 타인의 주목을 받는 것처럼, 아내에겐 짝사랑했다는 소문이 파다한 대학선배도 있었다면, 남편에게 매력적인 아내의 외도 가능성이 크게 각인되었을 것이다. 더구나 "한 곳에 매여 있으면 목이 졸리는 것 같다"며 아내는 레슨을 계속한다는 조건으로 청혼을 수락하지 않았던가.

언제부턴가 집시란 표현은 떠돌이로 바뀌었고 부부싸움이 잦아지면서 그것은 역마살, 들개라는 말로 바뀌었다. 그가 여자에게 손찌검을 하기 시작되면서부터는 도화살, 화냥기라는 말로 돌변했다. 집시가 화냥기로 바뀌기까지 약 5년가량 걸렸다.

슬리퍼를 신은 아내를 "줄 풀린 개"에 비유한 K는 이런 아내에게 "전족이 필요"하다고 말한다. 그런데 늑대는 무리와 함께 있을 때도 혼자라고 들뢰즈가 지적한 것처럼, 집시, 떠돌이, 역마살, 들개라는 비난은 남편의 복화술로 체계와 규율을 낯설어하는 아내의 주변부성을 암시한다. 말하자면, 아내는 자신의 몫으로 할당된 공간을 견고하게 영토화하지 않는다. 바다를 서성이다 알게 된 조각가로부터 여자가 '바람'의 이미지로 형상을 얻는 것처럼, 그녀는 유목민처럼 매끈한 공간을 끊임없이 이동할 가능성이 크다. 「끝」에서 '놓아 달라'는 아내나 또 다른 '아드반'을 탐색하는 내연녀 영란처럼, 아내는 무규정적 공간 속으로 탈주하려는 욕망을 지닌 것이다.

이런 탈주욕망을 유비하는 것이 아내의 '외반무지증'이다. 구두를 신을 때 지독한 통증에 시달리기 때문에, 그녀는 슈퍼마켓을 가거나 레슨을 하러 갈 때뿐 아니라 부부동반 모임에서도 슬리퍼를 신는다. "슬리퍼의 말랑말랑한 촉감"이 '안정감'을 준다고 할 때, 그녀는 일정한 규칙과 매너를 요구하는 사교적인 인간관계에 서툴다고 할 수 있다. 남편의 의처증이 일상을 악몽으로 만드는 것처럼, 아내의 외반무지증도 일상에 놓일 자리를 얻기 어렵다.

　그렇다면, 「슬리퍼」에서 아내는 남편에게 흡수되지 않고 목줄을 탈주할 수 있는가? 혹은 남편과 아내라는 일상의 분업관계의 틀을 깨고 홀로 설 수 있는가? 고유명사 대신 '여자'로 지칭되는 것은 그녀가 무의미한 일상을 견디는 익명적 존재임을 암시한다. 아무것도 할 수 없다는 무력감에서 의미 있는 삶으로 이행하기 위해 그 익명성에 균열을 일으켜야 하고, 균열을 일으키기 위해 과거와 단절해야 한다. 레비나스의 지적처럼, 그런 균열이 있을 때, 독립적인 존재자가 출현하고, 구체적인 지금 여기와 관계할 수 있기 때문이다. 그러나 "썩은 벌레 새끼" "곪아 문드러진 새끼"라는 욕설에도 불구하고, 아내가 자신의 삶에 주도권을 회복할 것인지 확실하지 않다. 그녀는 과거와 의식적으로 결별할 수 없기 때문이다. 예를 들어, 의처증의 원인을 캐기 위해 K가 연주한 곡을 듣던 아내는 애초의 목적을 잃고 "저도 모르게 그 선율에 맞춰 흥얼거리며 입장단을 맞추"는 자신을 발견한다. 쇼펜하우어가 모든 예술은 음악의 상태를 열망한다고 언명하였거니와, 음악 속에서 아내는 자기를 상실하고 시간과 공간, 원인과 결과의 제약을 벗어난다. 음악은 아내로 하여금 일상의 악몽을 잊게 하지만, 음악을 통한 무아경은 과거와의 결별일 수도, 자신만을 향한 집중일 수도 없다.

　물론 일상의 부하로부터 해방시킨다는 의미에서, 음악에 대한 세련된 취향과 감수성은 아내에게 심리적 가치를 지닐 수 있다. 그렇다면, 남편이 연주하는 왈츠는 남편에게 깊이 헌신하고 그의 폭력을 감내할 만한 가치가 있는 것인가? 그렇지 않다. 왜냐하면 피아노를 연주하는 K의 손은 동시에 목을 조르는 '올가미'이기 때문이다.

　　여자를 안고 업었으며 여자의 목을 조르던 저 손으로 K는 지금 왈츠를 치고 있다. 여자는 앞좌석 의자 밑 저 깊숙이 밀려나 있는 슬리퍼를 발로 당겨 신었다.

「끝」에서 남편의 끝이 연장이면서 흉기라는 양가성을 갖는 것처럼, 목을 조르는 손이 동시에 왈츠를 치는 손이라는 모호성은 아내의 삶을 폭력과 예술 사이의 불안한 균형에 둔다. 아내로 하여금 남편의 연주에 대한 물신숭배적 태도에서 벗어나게 하는 것이 남편의 폭력이라는 것은 아이러니하다. 악몽과 무아경의 반어적 경계에서 아내는 일상과 탈주 충동 사이를 끊임없이 동요할 터이다.

3. 소통의 비윤리성과 소수자의 언어

일상을 탈주하려는 여성인물뿐 아니라 작중인물 대부분에게 삶은 헤어나지 못할 수렁처럼 보인다. 빚에 쪼들리는 생활고, 반지하나 골방과 같은 주거환경, 더 나은 삶의 전망 부재 등이 작중인물의 남루한 일상을 장악한다. 그런데 이들의 삶이 잔혹한 착취나 불평등한 분배에 기인하는 것으로 보이지 않는다. 서술자가 가난한 인물들을 비대칭적으로 떠받들거나, 한 사람의 투사가 다른 약자에 대해 비호혜적 책임을 수락하는 상황은 전개되지 않는다. 달리 말하면, 이병순의 소설에서 서술자와 인물 사이의, 인물과 인물 사이의 정치적 관계는 크게 주목받지 못한다.

그렇다면, 작중인물들의 관계에서 작가가 주목하는 것은 무엇인가? 그것은 소통의 불가능성 혹은 소통의 비윤리성이다. 예를 들어, 「창(窓)」에서 단칸 골방의 가려진 창이나 고시원의 쪽창이 아파트의 넓은 창과 대비되지만, 문제는 빈부의 차이에 있지 않다. 창은 소통과 불통의 경계를 암시하기 때문이다. 닫힌 창은 주체의 사인성과 일상성을 보장하지만, 그것은 가진 것을 지키려는 이기적 욕망을 충족시킬 뿐이다. 그래서 「창」의 여자는 창을 박살내거나 창밖에 있고자 한다. 그러나 투신자살이 암시하듯, 창밖이 '절벽'과 같다면, 참된 소통이란 불가능할 것이다. 「인질」에서 택시기사 동수는 습득한 스마트폰을 인질로 삼아 사례비를 뜯어내려는 비루한 모습을 보인다. 그런데 습득한 폰에 "가장 가까운 사람"의 번호는 하나도 저장되어 있지 않다. 즐겨찾기에 등록된 사람들도 폰의 주인 허명에게 일방적인 욕설을 내뱉고 허명의 운명에 대해 무관심하다. 때와 장소를 가리지 않고 소통한다는 매체광고에도 불구하고, 이들은 서로에게 '부재중'이다. 일상의 삶에 진저리를 치는 동수의 친구들도 서로에 대한 책임 때문이 아니라 "홀로 나가떨어진 기분에 젖지 않"기 위해 서로를 볼모로 삼는 삶의 인질들이다.

소통의 불가능과 비윤리성을 가장 집중적으로 드러낸 작품으로 「닭발」을 들 수 있다. 작중인물 언도는 도계장에서 일하던 엄마가 죽은 후 갑자기 말을 더듬게 된다. 탕뛰기 트럭기사와 뜨내기 사랑을 한 엄마는 심한 말더듬이였고, 거짓말이나 헛말을 하지 않는 엄마는 상대방의 말을 "곧이곧대로 들었"기 때문에 세계로부터 버림을 받는다. 도계공장은 도계, 탕모, 내장적출, 포장까지 모두 컨베이어벨트에 의해 체계적으로 작동된다. 이런 공장체계는 중앙으로부터 한 방향으로 조작 통제되며, 그 방향성은 유효성의 등급에 따라 버릴 것과 버리지 않을 것을 선별한다. 도계공장의 시스템 속에서 닭발은 '정식 품목'이 아니며, 깨지고 헐은 닭발은 체계 바깥으로 버려진다.

닭발은 왜 라인 밖에 있어야 하는지 궁금하긴 했지만 입을 꾹 다물었다. 버려지는 것이니까 그렇지, 하는 아이들 말을 또 듣고 싶지는 않았다.

친구들로부터 '닭발'이라는 별명을 얻은 언도는 친구들의 대화에 참여하지 않는다. 라인 밖, 그러니까 체제로부터 무참하게 버려진 닭발에 대해 말하는 것은 바로 아버지로부터 버림받은 '사생아'라는 자신의 정체성을 환기하는 일이기 때문이다. 그러나 침묵은 자존에 상처를 줄 수 있다. 그래서 사생아라는 자괴심과 함께 말을 더듬는 엄마가 부끄러웠던 언도는 끊임없이 '거짓말'한다. 「슬리퍼」의 K가 세상을 향해 귀를 닫음으로써 살아남는다면, 언도를 세상을 향해 거짓말을 함으로써 트라우마의 생존자가 된다.

입은 거짓말의 저장고였다. 늘 착용했던 거짓말은 술술 나왔다. 저 사람 내 친엄마 아니야, 사실 나는 저 사람 양자로 왔어. 우리 친부모님은 말이야……. 양자가 될 수밖에 없었던 이유들은 동화책에 얼마든지 많았다.

언도는 자신이 고안한 가족로망스의 주인공이지만, 그러나 그 대본은 자존이 아니라 허영의 산물이다. 그래서 엄마는 언도가 거짓말을 할 때마다 닭발을 입에 물린다. 성인(聖人)의 모든 가르침이 개념적 언어에 의존한다고 보면, 언도에게 '채찍'이 되는 닭발은 언어에 대한 통렬한 풍자라 할 만하다. 그 처벌은 말하는 입을 먹는 입으로의 퇴행시키는 것처럼 보이기 때문이다.

인류가 처음부터 말을 한 것은 아닐 것이다. 들뢰즈와 가타리의 표현을 빌려 말하면, 인간의 입은 먹는 입, 곧 자연의 일부였을 것이다. 오랜 진화의 역사를 통해 먹는 입은 말하는 입, 즉 표현하는 기관이 되고, 표현하는 입은 비생물적인 인간문화를 창조하는 기관이 된다. 우리가 신념체계를 만들고 꿈을 공유할 수 있는 것은 말하는 입 덕분이다. 동시에 그 기관은 국가, 정치권력, 제도를 창출하며, 사물을 명명함으로써 그 사물을 지배하는 권위를 확보한다. 기표의 권위는 기표가 가리키는 의미에 항구적으로 닿지 못한다는 사실을 감춤으로써 획득된다. 따라서 말을 하는 것은 '거짓말'을 하는 것과 다르지 않다. 그래서 심리 상담사 공이 그렇게 많은 말을 하면서도 "언도가 알아야 할 말"을 하지 않았기 때문에 언도는 속았다고 생각한다. 관계를 청산하려는 공의 깍듯한 말투가 표준적인 통사체계를 지녔으되 "잘 벼린 칼"인 것처럼, 여자의 앙큼함에 대한 선배의 부정적인 뒷담화나 취중에 늘어놓는 포장마차 사내의 수다스러운 헛말과 욕설은 자신에게 몰두할 뿐인 소통의 비윤리성을 드러낸다.

"말이 없어도 엄마와 언도의 소통에는 문제 없었다"면, 인간의 도덕적 관계에 언어가 필수적인 것도 아닐 것이다. 표준적인 기표체계와 비교할 때, 엄마의 지독한 말더듬기는 비정형적 표현이다. 사생아로 존재하는 언도 역시 체계 바깥의 소수자인 것처럼, 들뢰즈의 말로 엄마의 말더듬기는 소수자의 언어이다. 다른 한편, 의식의 매개 없이 문제를 해결하려는 격렬한 감정을 제어한다는 의미에서, 언어는 감정에 대한 사회적 억압을 행사

한다. 따라서 엄마의 급사 후 언도의 말더듬기는 억누를 수 없는 감정을 정직하게 드러내는 신호라 할 수 있다. 그것은 기표의 권위에 아첨하지 않는 신호이다.

이런 맥락에서, 비록 오해를 불러온다 하더라도 침묵을 지키는 것이 (거짓)말의 전제에 대한 저항일 수 있다. 그래서 언도는 말문이 트인 후에도 "말을 더듬을 때보다" 더 말을 아끼고, 이런 그에게 벙어리, 자물통, 딱풀, 본드, 철학자라는 별명이 따라붙는다. 그러나 언어가 이해관계에 의해 얼마든지 변조될 수 있다면, "진심을 전했으나 광고멘트처럼 식상한 말"이라면, 침묵만이 기표의 권위를 돌파하는 참된 소통의 근거일 수밖에 없다.

그렇다면 윤리적 소통이 불가능한 일상의 수렁을 어떻게 통과할 것인가? 「놋그릇」에서 50여 년간 극진히 제사를 모셔온 78세의 손씨에게서 그 해법의 일부를 엿볼 수 있을 듯하다. 처녀시절부터 "까닭 없는 정념들"에 사로잡혔던 손씨는 결혼 후에도 "숨이 멎을 것 같이 답답"함을 면할 수 없었지만 놋그릇 제기를 닦으며 일상을 견딘다. 손씨의 정념들이 구체적으로 무엇인지 알기는 어렵다. 까닭이 없다면, 그 정념은 손씨 자신에게서 유래한 것이 분명하다. 그렇다면 내면의 폭풍에 사로잡힌 그녀가 어떻게 자식을 키우고 삶을 견딘 것일까? 그녀가 일상 속에서 죽음의 등가물을 발견할 수 있었기 때문이다.

아무것도 보지 않으면서 뭔가를 응시하는 눈, 아무 말도 하지 않으면서 할 말을 가득 담고 있는 것 같은 영정 속의 입은 손 씨의 모습이었다. 영정 앞에 서면 부질없이 몰려왔던 츱츱한 상념들이 다 헤지는 것 같았다. 뒤뜰의 나뭇개비보다 못한 망자일지라도 망자를 만나는 날이면 가슴을 죄던 그물코가 툭툭 터졌다. 그것은 손 씨가 제사를 기다린 은밀한 즐거움이기도 했다.

젊은 시절부터 영정에서 자신의 얼굴을 보았다면, 손씨는 자신의 죽음을 이미 거머쥐고 있었다고 할 것이다. 영정의 얼굴이 자기 모습이고, 망자 앞에서 부질없는 상념이 해소된다면, 손씨에게 죽음은 실존의 가능성이지 느닷없이 닥치는 공포일 수 없다. 죽음에 떠밀리는 것이 아니라, 영정이라는 죽음의 등가물을 통해 손씨는 죽음을 향해 달려가고 있었던 셈이다.

젊은 시절부터 품었던 까닭 없는 정념들이 일상에서 적소를 얻을 수 없고, 그렇다고 일상의 희로애락이 정념을 장악할 수도 없다면, 제삿날에 "가슴을 죄던 그물코"가 터질 수밖에 없다. 왜냐하면 먼 길 오느라 수고했으니 맛있게 잡숫고 가라며 남편을 호명할 때, 하이데거 식으로 말해 그것은 죽을 자가 죽은 자를 부르는 것과 같기 때문이다. 물론 양말 한 켤레 쉽게 사지 못하는 늘품 없는 일상이나 정겨운 대화를 나눈 적도 없는 남편과의 삶이 고통스러웠을 것이다. 또 경제적으로 파탄에 이른 자식들이 조상을 섬겨봐야 무슨 소용이 있느냐는 태도를 보일 때 섭섭할 수도 있을 것이다. 그러나 제사를 기다리는 손씨가 이미 죽음의 주인이 된 상황이라면, 벼랑 끝 같은 삶도 가뭇없이 사라질 헛것이 아니겠는가. 희로애락의 흔적이 말끔하게 지워진 영정에서 자기를 발견할 때, 손씨는 오로지 자신하고만 관계하고 소통한다. 여기에 삶을 수렁을 건너는 방법이 있다.

4. 소설적 과제

이번 작품집에서 이병순은 예술의 심미성과 정치성이라는 화두로써 작가됨의 곡경을 암시한다. 이는 이병순이 자신을 소설가로 단련시키면서 일상의 장력과 팽팽한 긴장관계에 있었음을 암시한다. 소설이란 목숨을 걸고 쓸 만한 가치가 있는 것인가를 오랫동안 자문하였다면, 소설은 작가가 먹고 사는 일에 아무런 관심이 없음도 터득하였을 것이다. 이병순의 소설에서 작중인물들은 비속한 일상과 적대하는 오만한 무숙자가 아니지만, 그렇다고 할당받은 소유물에 매몰되어 자기를 잃어버리는 것도 아니다. 이병순이 일상의 힘과 일상에 균열을 낼 내적 충동을 동시에 주목한 것도 같은 맥락에 있을 것이다. 또 이병순은 깎아 세운 낭떠러지에 선 인물들의 현실감과 죽음을 거머쥔 인물의 현실감을 같은 무게로 다룬다. 소설집 『끝』의 요체가 일상과 비일상의 힘겹고 위태로운 균형에 있다고 독해할 이유도 이런 사정에 놓여 있다.

가다머가 이해의 전제로 선입관을 지적한 바 있거니와, 작가도 소설전통이나 전승된 재현방식으로부터 적지 않은 압력을 받을 것이다. 그런 압력은 작가가 어찌할 도리가 없는 것, 작가 개인을 초월한 것이기도 하지만, 작가가 작가이기 위해 그 압력을 뛰어넘어야 한다. "넌 우리의 빛"이라는 말이 "우린 너의 빚이다"로 무겁게 들린다거나(「창」), "집시"가 "짚신"으로 들린다거나(「슬리퍼」), "수필 쓰는 사람"이 "숫돌 가는 사람"으로 들린다(「끝」)고 한 것처럼, 표준형식의 기표에 대한 이병순의 불안은 스타일의 새로운 지평을 열 가능성이 있다. 그럼에도 불구하고, 인물들의 악몽 같거나 수렁 같은 삶에 대한 깊은 천착이 아쉽다. 인물들이 그토록 일상을 힘겨워하는 동기나 이유뿐 아니라, 희소한 자원을 두고 사는 일을 다투는 사람들의 내부에 어떤 본성이 자리 잡고 있는가도 이병순의 소설이 탐색해야 할 과제라 할 만하다.

작가의 말

변변한 작품 하나 꿍쳐놓지 못한 상태에서 등단했기에 시작
부터 쫓기는 기분이었다. 그래서 소설 등단을 꿈꾸는 초보자의
마음으로 더듬더듬 작품 구상을 했다. 가만히 놔두면 얼마든
지 재미있을 이야기를 소설이라는 틀에 집어넣으려니 재미는커
녕 횡설수설만 늘어놓은 것 같았다. 그런 와중, 더 이상 우리를
꿈꾸게 하고 전율하게 하는 것은 소설이 아니라는 따위의 말과
글은 어느 때보다 흔하게 나돌았다. 그런 치들은 겨우 소설의
텃밭을 고르고 있는 내게 초를 치는 것들이었다. 그러나 독서의
적은 스마트폰이 아니라 책을 읽지 않는 것이고, 소설가의 적은
소설보다 더 신랄한 현실이 아니라 소설을 쓰지 못하는 갖가지
의 조건이라고 생각해버렸다. 어차피 나는 내 소설에 위안을 얻
는 독자가 한 명뿐이라도 그를 위해 혼신의 힘을 다해 소설을
쓰기로 마음먹었으니까 말이다.

작품을 구상하는 동안에 사물이 내게 많은 말을 걸어왔다. 사
물이 하는 말을 다 받아 적고 거기에 얼개를 씌우면 소설이 될
줄 알았다. 다 완성하고 보니 사물이 들려준 말과는 딴판으로
쓰여 있었다. 내게 사금을 채취하는 능력이 부족하다는 것을 깨

달았다. 썼다 지웠다 고쳤다 반복하다 보니 어느덧 단편 예닐
곱 편이 되었다. 작품을 찬찬히 훑어보았다. 내가 만든 작품 속
의 인물들을 장독 속의 간장처럼 어둡고 짠 세계에 너무 오래
붙잡아둔 것 같았다. 이제 그들 모두를 불러들여 거나한 술판
을 벌이고 싶다. 나는 그들을 말벗으로 삼아 내 적막을 견딜 수
있었다.

  첫 작품집이다. 작품집을 내도록 이끌어주신 산지니 출판사
강수걸 사장님, 교정을 꼼꼼히 봐주신 권경옥 편집장님과 정선
재 편집자님께 고마움을 전한다. 또 바쁘신 와중에도 기꺼이 해
설을 맡아주신 황국명 선생님께도 고마움을 전한다. 내 삶의
길목마다 묵묵히 버티고 서 계셔주신 어머니에게도 한없는 고
마움을 전한다.
  이 작품집을 어머니 조응석 여사님께 바친다.

2015년 8월
이병순

수록작품 발표지면

1. 인질(2015 『한국소설』 4월호)

2. 놋그릇(『좋은 소설』 2012 가을호)

3. 끝 (『부산일보』 신춘문예 당선작)

4. 부벽완월(2014년 『소설문학』 겨울호)

5. 슬리퍼(2014년 『한국소설』 9월호)

6. 창(窓)(2012년 『한국소설』 7월호)

7. 닭발(『작가와 사회』 2013 가을호)

8. 비문(飛蚊)(2015 『도요』 봄호)

끝

초판 1쇄 발행 2015년 9월 11일
     2쇄 발행 2015년 10월 19일

지은이 이병순
펴낸이 강수걸
편집장 권경옥
편집 정선재 양아름 문호영
디자인 권문경 박지민
펴낸곳 산지니
등록 2005년 2월 7일 제14-49호
주소 부산광역시 연제구 법원남로15번길 26 위너스빌딩 203호
전화 051-504-7070 | 팩스 051-507-7543
홈페이지 www.sanzinibook.com
전자우편 sanzini@sanzinibook.com
블로그 http://sanzinibook.tistory.com

ISBN 978-89-6545-315-4 03810

*책값은 뒤표지에 있습니다.
*이 도서의 국립중앙도서관 출판예정도서목록(CIP)은 서지정보유통지원시스템
홈페이지(http://seoji.nl.go.kr)와 국가자료공동목록시스템(http://www.nl.go.kr/
kolisnet)에서 이용하실 수 있습니다.(CIP 제어번호: CIP 2015023335)